아날로그 블루

아날로그 블루
허설

별닻

그래도 나는 인간을 사랑할래.

- 2021.09.03 일기 中

목차

프롤로그   008

불온 (2020.11月)   011

민트초코 아이스크림과   028
데자와로 만든 아포가토 (2020.11月)

누누(2020.12月)   043

그림자 (2020.12月)   056

파파 (2021.1月)   073

실 (2021.1月)   087

고백의 형상 (2021.2月)   101

탈지구 엘리베이터 (2021.2月)   113

류 (2021.3月)   127

가을부터

냉장 상자 (2021.3月)	141
내 사랑하는 친구 (2021.3月)	154
화, 이화 (2021.4月)	169
딥 씨 (2021.4月)	182
바닐라 천사 (2021.6月)	197
빛바랜 회갈색 브라우니 (2021.6月)	208
아경—1118359292—윤희 (2021.6月)	220
회색지대 (2021.7月)	235
BONUS STAGE! (2021.8月)	249
마지막 찻집 (2021.8月)	259
에필로그	273

프롤로그

<아날로그 블루>는 2020년 가을부터 2021년 여름까지 메일링한 소설들 중 열아홉 편을 수록한 소설집입니다. 메일링 독자분들이 좋아했던 글, 그리고 제가 쓰면서 스스로 즐거웠던 글을 골라 묶었습니다. 수록된 소설들은 엽편보단 길고 단편보단 짧아, 한 호흡으로 읽기 적당한 길이입니다. 소설 메일링을 하는 동안 저는 졸업을 했고, 인턴을 했고, 게임을 개발하고 창업을 했습니다. 그런 제 일상의 단면들이 <아날로그 블루>안에 녹아들어 있습니다.

여긴 사랑과 슬픔으로 가득찬 푸른 땅.
모든 것이 외로움에서 시작해 외롭지 않음으로 끝날 수 있길 바라며.

2021.09.
하설

11月

불온

 고향으로 향하는 KTX는 어쩐 일인지 연착이 되었다. 나는 서울역에서 천오백 원짜리 빵 하나를 사 들고 계단에 쪼그려 앉는다. 작은 가방에 아무렇게나 짐을 쑤셔 넣고, 사람들로 가득 찬 4호선을 타고 서울역에 내릴 때까지만 해도 나는 내 의지가 아닌 물결에 몸을 맡긴 것처럼, 그저 발이 닿는 대로 걸었다. 이대로 플랫폼으로 걸어가 바로 열차를 탔더라면, 아무 생각 없이 편히 잠들어 고향에서 잠을 깰 수 있었을 것이다. 하지만 뜻밖에도 기차가 연착되어 내겐 오로지 혼자 힘으로 채워야 할 텅 빈 시간이 생겨 버렸다.

 계단에 앉아 있는 사람들은 두셋씩 함께 앉아 있다. 나는 혼자 앉아 빵에 물을 마신다. 앞에 보이는 가판대에선 사람들이 스테이크 도시락이니 주먹밥 세트니 하는 것들을 줄을 서서 포장해 간다. 저런 것들을 열차에서 먹고 마신다고? 사람들은 어디서든 먹는 것 앞에 참 부지런하구나. 그런 생각을 하며 빵을 씹는다. 부드러운 빵이 잘게 잘려 식도로 넘어간다. 옆에 앉은 커플은 어딘가로 여행을 가는지, 펜션에서 바비큐를 하면 마트에서 어떤 걸 사면 되는지를 열심히 이야기하고 있다. 또 다른 사람은 이전 기차를 놓쳤는지 전화로 부단히 죄송하단 말을 반복하고, 다른 누구는 다음에는 또 어디를 놀러 가 보자고 옆에 있는 사람과 기약 없는 미래를 약속하고 있다.

나는 혼자 빵을 먹으며, 나도 그런 쓸데없고 열띤 대화들을 하고 싶다는 생각을 하다가, 막상 이야기를 하는 생각을 하니 몹시 귀찮아져, 그저 가만히 빵을 먹었다. 친구들과 함께 서울역에 왔다면 나는 분명 아무 말도 하지 않고 혼자 앉아 빵을 먹고 싶어 했을 것이다. 그러니까 나는 종종, 다른 사람들과 부대끼며 울고 웃으며 대화하고 싶으면서도, 그런 인간들의 소음에서 벗어나 홀로 있고 싶은 이상한 기분이 들곤 한다.

기차가 플랫폼으로 들어오고 있다는 안내방송이 나온다. 나는 먹던 빵을 가방 안에 넣어두고 플랫폼으로 향한다. 전

광판에 번쩍이는 내 고향의 지명을 바라본다. 인생에서 십구 년을 살았던 고향이지만 이젠 고향의 이름을 봐도 아무런 생각이 들지 않는다. 고향에 대한 이미지는 내가 언젠가 그곳에서 살았었구나, 정도로 멀고 관성적이다. 내게 내 고향과 과거는 액자 속에 걸린 가족사진처럼 완벽히 멈춰 있으며, 고요하다.

 가끔은 가족이 그저 고요한 정물처럼 존재해 주었으면 한 적이 있다. 그들은 입을 열면 굉장히 시끄러워진다. 쟁쟁쟁쟁, 소리를 내면서. 부딪히고, 으깨어진다. 가족사진 안에서 환하게 웃고 있는 사람들은 아름답다. 액자에 낀 가족사진을 보면 사람들은 행복한 가정이란 생각을 하며 미소지을 것이다. 액자 속 가족사진이 가장 좋은 점은 무엇보다, 조용하다는 점이다. 하지만 거기서 누구 하나라도 입을 연다면? 삶은 예쁘고 멋진 옷을 빼입고 찍은 가족사진 같은 것이 아니다. 매쉬포테이토처럼 조그마한 무게에도 하염없이 으깨지기 쉬운 것에 가깝다. 그래서인지 그들은 어느 날 갑자기, 으깨졌다. 그들이 그렇게 갑자기 한순간에 사라질지 나는 몰랐다. 나는 침묵을 원했으나 그런 방식으로 침묵이 오는 것은 바라지 않았다. 나는 그저 조금 더 가족사진에 가까워진, 조용한 가정을 원했을 뿐인데.

 내게서 가족이 사라진 뒤로 고향은 정말이지 아무 의미가 없는 곳이 되었다. 그야말로 무색무취의 공간이다. 그리고 나는 모두가 사라진 다음에야 내가 알게 모르게 그 불완전한 가족이란 테두리를 조금은 아끼고 있었다는 것을 알게 되었다. 나는 그들을 진심으로 증오하는 만큼, 진심으로 그들을 사랑하고 싶었던 것이었다. 그것을 깨달았을 때 나는 몹시 두려웠다. 내게 그 사랑이란 것은 주는 것도, 받는 것도 불가능했으니까. 그러니까, 나와 우리 가족은 작은 바구니 안에 담긴 못생긴 사과들이었다. 덜 익거나 설익거나 썩어 곰팡이가 피어 있어도 결국 한 바구니. 서로를 끌어안고 그렇게 함께 썩어가고 있었는데, 이젠 모두 떠나고 나만이 남았다.

기차가 서울역을 떠나고 있다.

창밖을 멍하게 바라본다. 옆자리에 앉은 남자는 게걸스럽게 햄버거 세트를 먹고 있다. 감자튀김을 케첩에 푹 눌러 찍어 입으로 가져가고, 소금이 묻은 손가락을 입으로 쪽쪽 빠는 것을 나는 곁눈질로 바라보며 속으로 욕지기를 한다. 차라리 아까 플랫폼에 있던 스테이크 도시락이니 주먹밥 세트니 하는 것들을 먹고 있었다면 조금 더 나았겠지. 햄버거라니. 남자는 양배추를 흘려가며 햄버거를 먹더니, 콜라를 마시기 시작한다. 남자는 체격이 크고 살이 잔뜩 올라 몸을 움직일 때마다 자꾸 팔이나 다리 같은 것이 내 몸을 스친다. 팔꿈치가 종종 내 가슴께를 스치는 것이 다분히 불쾌하다. 나는 슬쩍 창가 쪽으로 붙어 앉는다.

기차에 앉아 차창을 오랫동안 바라보다 보면 몇 번은 내 얼굴을 마주하게 된다. 기차가 터널을 통과하면 창은 어둡게 거울처럼 변한다. 오 초에서 십오 초 정도, 바깥 풍경을 바라보는 것처럼 내 얼굴의 풍경을 멍하게 바라보다 보면 갑자기 세상이 밝아지며 다시 한가로운 기찻길 풍경이 펼쳐진다. 그렇게 차창에 비치는 풍경에 스민 내 얼굴을 한참 바라보다, 그 뒤편으로 비치는 게걸스러운 남자의 옆모습을 발견하고 인상을 찌푸린다.

어쨌거나. 요즘 세상은 너무 좋다. 서울에서 고향까지 KTX를 타면 두 시간도 채 안 되어 도착할 수 있고, 심지어 시속 300km로 달리면서 햄버거를 먹을 수 있다. 비행기에서도 마찬가지다. 하늘에 둥둥 떠서 잠도 자고, 라면도 먹는다. 이미 우리는 빠른 속도로 돌고 있는데 거기서 또 빠른 속도로 이동하고 끊임없이 소음을 내며 쓰레기를 만들고, 먹고, 떠든다. 창밖 풍경을 바라보며 시속 300km 햄버거 생각에 잠겨 있을 때 즈음 연에게 전화가 왔다.

— 응.
— 어디쯤 와 가?
연의 목소리 뒤로 카페 소리로 추정되는 팝송 같은 것이 흘러나오고 있다. 아이스 아메리카노 나왔습니다, 라는 목소리가 그 위에 스며든다.

— 글쎄. 여기가 어딘지 모르겠어. 아마 네 시쯤 도착할 거야.

— 아, 그래. 역 도착하기 십 분 전쯤에 다시 이야기해 줘.

연이 그렇게 대답하는 동안에도 두세 명은 되는 사람들이 자신의 커피를 찾아갔다. 아이스 아메리카노, 카페라테, 그리고 밀크티.

— 나는 지금 잠깐 카페 와 있거든. 근처니까 말하면 바로 나가면 돼.

— 뭐 하고 있어?

— 뭘 물어. 나야 항상 똑같지. 재미 하나도 없어

연은 웃는다.

— 그냥 시험 준비 조금 하고, 이번에 또 면접 보러 가는 게 있어서 스터디 준비 좀 하고 있어.

— 바쁜 거 아니야?

— 전혀. 아무튼, 도착하면 전화해. 저녁으로 내가 또 맛있는 델 찾아 놨지.

알겠다고 말하며 전화를 끊는다. 연은 항상 에너지가 넘친다. 어떻게 그렇게 밝을 수 있는지 궁금해질 정도로. 제일 신기한 것은 연이 나와 친하다는 점이다. 아무리 생각해 봐도 나는 연이 나를 친구로 여기는 이유를 찾을 수 없다. 나는 재미가 있지도 않고 연처럼 밝지도 않으며 딱히 가진 것도 없다. 연과 나를 이어 주는 얄팍한 끈은 어릴 때부터 함께 알았던 고향 친구라는 점밖에 없었다. 하지만 연은 그것 하나만으로 텅 비어버린 내 바구니에 함께 있어 주었다.

첫 왜…를 했을 때는 이년 전, 연이 서울로 놀러 오기로 한 날이었다. 왜…보단 그걸…이라고 불러야 할까. 아니, 좀 더 생각해 보면 왜…그…걸이라고 부르는 것이 좋겠다. 그땐 연이 처음으로 서울에 온 날이기도 했으며, 내가 가족이 사라진 뒤로 심해진 오랜 우울감을 조금씩 떨쳐 가면서도 여전히 옅은 뻘 같은 수렁 속에 잠겨 있을 무렵이었다. 연이 서울에 온다는 생각을 하자 나는 그날 아침부터 기분이 좋았다. 오랜만에 늦잠을 자고, 점심때 즈음엔 마트에 가 곧 연과 함께 마실 술을 신중하게 골랐다. 적당한 가격의 와인을 골라 카트에 넣었다. 와인을 사고 나오는데 아주머니가 치즈 시식을 권했다. 평소라면 그냥 지나쳤을 테지만 그날은 치즈 시식도 하고, 프로모션으로 2+1을 한다는 샤인머스캣도 샀다. 샤인머스캣 한 송이가 내 하루 밥값과 비슷했지만 상관없었다. 그 사이에 연에게 전화가 왔다. 오후쯤엔 도착할 것 같은데 바로 집으로 갈까? 집 주소 어디야? 나는 집 주소를 불러 주었다. 카트를 끌고 다니며 그동안 혼자 있을 땐 한 번도 사지 않은 플레인 요거트도 사고, 새우도 사고, 두부면도 샀다. 계산대 옆에 붙어 있는 멘토스도 사고 예전에 연이 피우던 담배도 샀다. 십만 원이 조금 넘는 가격이 나왔고 기분 좋게 카드로 결제했다. 콧노래를 흥얼거리며 집으로 돌아왔다. 장을 봐 온 것들을 냉장고에 넣고 쓰레기를 버리고 서랍장을 열어 커터칼을 꺼냈다. 조심스럽게 손목 한 부분을 꾹 눌러 그었다. 투두둑, 식물 뜯어지는 소리 같은 것이 나며 따뜻한 피가 배어 나왔다. 그것은 뭐랄까, 건강하지 않아 보였다. 다시 한 번 칼을 들었고, 약간의 나른함과 함께 정신이 잠겨 드는 그 순간 나는 스스로가 너무나 역겨워 견딜 수 없었다.

정신을 차렸을 때 연은 손에 든 봉투들을 아무렇게나 내팽개치고 내게 뛰어오고 있었다. 연이 내게 무어라 계속 울며 소리치는데 내 귀엔 연의 말이 제대로 들리지 않았다. 연의 소리는 내 눈에 보이는 연의 입 모양보다 한참 뒤에 들리기 시작했다. 아주 느리게 재생되는 필름 영화처럼. 그런 연을 바라보다 어지러워 눈을 감았다.

나는 그 이후로 연이 나를 떠나갈 것이라 생각했지만 -내가 스스로 가장 역겹다고 느꼈던 순간에 연이 있었으니까- 연은 언제나 똑같이 나를 대했다.

병원에서 나오고, 상처가 많이 옅어졌을 때, 연은 내게 망설이다 질문했다. 죽고 싶어서 그랬냐, 라는 연의 질문에 나는 딱히 죽을 생각은 없었다고 했다. 정말이지 나는 죽을 생각이 없었다. 그럼 왜…그랬냐고 연은 물었다. 왜, 왜…그…걸 했어? 연은 내가 한 짓을 왜…그…걸이라고밖에 표현하지 않았다. 연의 물음에 대답하고 싶었지만 사실 나도 알 수가 없다. 글쎄, 딱히 이유는 없고 그냥 네가 온다고 해서 기분이 좋았어. 그날 느꼈던 내 감정은 이것이지만, 이렇게 말하면 소중한 내 친구는 많이 힘들어 할 것이다. 혹시 자신이 서울에 온 것이 내 왜…그…걸의 원인이라도 된다는 듯이 생각하겠지.

게다가 이건 표면에 불과하다. 내 행동에 이유가 있었다면 상당히 오래전까지 거슬러 올라가야만 한다. 그런데 그런 것들을 나는 하나하나 양파 껍질 벗기듯 분석하기 귀찮다. 나는 눈물로 눈이 그렁그렁해진 연의 얼굴을 바라보며 쓸쓸해졌고, 더는 내 소중한 친구에게 마음의 짐을 주기 싫어, 그저 모른다고 대답했다. 연은 요즘 많이 힘드냐 물었다. 내가 힘든가? 힘들지도 않은데. 나는 고개를 저었다. 그냥 모든 게 재미가 없어서 그랬어, 재미가. 이런 말도 속으로 삼켰다. 그때 연이 말했다.

— 옆에 계속 내가 있는 걸 잊지 말아 줘. 이상한 생각 하지 마. 알겠어?

나는 알겠다고 대답했다. 그러자 연은 안심한 것처럼 보였다. 연은 내 손을 부여잡고 오래 울었다. 연의 눈물이 내 손목을 타고 흐르고, 나는 그 온기를 느끼며 생각했다. 나는 내 친구 연이 좋다. 나는 지금 연에게 많이 의지하고 있다. 내가 이 추운 서울에서 혼자 싸늘히 방에 누워있다면 오로지 연만이 나를 구할 수 있을 것이었다. 하지만 연은 내 곁에 절대 항상 있을 수가 없다. 연은 지금 만나는 남자친구와 나중에 꼭 결혼하고 싶다고 입버릇처럼 말하니까. 고등학교 때도 그랬다. 연은 자신이 사랑하는 사람을 닮은 예쁜 아기를 낳고 싶어 했다. 연은 정말 사랑스러운 친구이기에, 분명 화목한 가정을 이루고 아이들을 키우겠지. 연에게 어울리는 따뜻하고 행복한 풍경이다. 하지만 그때도 나는 아마 여전히 혼자일 것이다.

  소중한 내 친구 연은 정말 계속 내 곁에 있을까? 지금 내게 눈물을 흘리며 다짐하는 것처럼, 내가 눈을 감을 때까지도? 아마 그렇지 못할 것이다. 나는 연이 좋고, 연에게 의지하고 있고, 그렇기에 내가 의지하는 연이 언젠가 떠나갈 순간이 너무나 두려웠다. 그 생각을 하자 너무 두려워져 꺽꺽 울었다. 내가 울자 연은 당황하여 나를 안아주었다. 나는 연의 옷깃을 잡으며 연에게 안겼다. 연에게선 베이비로션 냄새가 났고 그 품은 따뜻했다. 나는 울며 연에게 정말 고맙다고 했다.

고마워서 운다고 했다.

연은 나를 달래고, 나는 연의 옷깃을 잡으며 이 품이 언젠가 많이 그리워질 것이란 생각을 했다. 하지만 연과 함께하는 이런 순간들이 다시는 오지 않을 것임을, 오래도록 그리워할 것임을 알면서도 나는 아무것도 하지 못했다.

그 후로 연은 틈날 때마다 내게 전화했다. 우린 새벽에도 전화하고, 아침에도 전화하고, 밤에도 전화했다. 가끔 내가 먼저 전화를 걸면 연은 항상 바로 받았다. 그렇게 우린 매일 시시콜콜한 일상의 이야기를 나눴다. 그 사이에 연은 어느 기업의 취업 면접을 보고, 결과를 기다리고, 탈락했다. 나는 골방에 누워있었다. 연은 또다시 서류를 쓰고, 면접을 보고, 탈락했다. 그리고 단기로 스펙을 쌓기 위해 학회를 시작했다. 나는 여전히 골방에 누워있었다. 핸드폰 너머로 들려오는 연의 규칙적인 숨소리를 들으며 나도 함께 잠에 빠져드는 꿈같은 시간이 있었다. 그 시간들 덕분에 나는 버텼다.

기차에서 내려 마주한 고향 풍경은 예전과 비슷했다. 마지막으로 고향에 왔을 때와 그다지 변하지 않았다. 역 바로 앞에 있었던 카페가 망하고 편의점이 들어왔다는 것 빼고는 달라진 점이 없다. 다만 내 행선지는 크게 달라졌다. 역에 내리면 나는 항상 가족이 있는 집으로 향했는데 이젠 돌아갈 집이 없다. 그러고 보니 연이 도착하기 전에 연락을 달라고 했는데 전화하지 못했다. 연에게 전화를 건다.

연은 청바지에 후드티를 입고 나타났다. 가방은 무거워 보이고 손엔 적성검사니 뭐니 하는 책을 들고 있다. 연은 오느라 고생했다며 나를 안아주었고, 나는 또다시 베이비로션 향을 맡는다. 밥 먹으러 가자, 연이 이끄는 대로 걸어간다.

연과 함께 간 곳은 일본 가정식을 파는 음식점이었다. 소꿉장난을 하는 것 같은 아기자기한 그릇에 연어덮밥이나 스키야키 같은 것들이 담겨 나왔다. 사람들은 무어라 행복하게 웃으며 밥을 먹고 있다. 무슨 할 이야기가 그렇게 많은지 테이블을 손으로 탕탕 치며 손짓까지 해가며 떠드는 사람도 있다. 마주 앉은 사람들이 일제히 와하하 웃는다. 그런 소리들은 파도가 치는 것처럼 내 귀에 와 부서진다.

우리 자리는 맨 안쪽에 있었다. 조금은 조용한 공간이다. 거기서 연은 사케동을 시키고, 나는 가라아게동을 시켰다. 식사가 나오고, 밥을 먹는 내내 연은 온갖 재미있는 이야기들을 했다. 나는 치킨 가라아게를 집어 들고 이리저리 관찰하며 연의 이야기를 듣는다. 연이 다니는 대학교 근처에 있다는, 피리 부는 사나이처럼 비둘기를 몰고 다니는 남자 이야기를 듣고, 연이 하는 면접 스터디에 있는 멋있는 언니 이야기를 듣는다. 그 언니가 알고 보니 연이 쓰던 무슨 앱의 UI를 디자인한 사람이었다는 말을 들으며 밥을 넘긴다. 연이 해 주는 이야기들은 대부분 재미있고, 연도 신나 보인다.

연은 요즘도 혹시 왜…그…걸 하냐고 묻는다든가, 요즘은 힘들지 않은지 묻는다거나, 요즘은 우울하지 않냐는 질문을 하지 않았다. 나는 그것이 고마웠다. 만약 연이 그렇게 물어 온다면, 나는 그때 이후로 크게 바뀐 것이 없으므로 무어라 할 말이 없기 때문이었다.

어쩌면 연은 내가 좀 괜찮아졌다고 생각할지도 모른다. 연과 전화할 때 나는 크게 웃고, 심지어 내가 먼저 재미있는 이야기를 꺼낼 때도 있으니까. 필라테스도 나가고, 영어 학원에도 등록했으니까. 하지만 그런 것들은 내가 왜…그…걸 하는 것과 아무 상관이 없는 것들이다. 나는 연이 편한 대로 믿도록 내버려 두었다.

연은 웃을 때 고양이처럼 코 윗부분에 주름이 진다. 그게 참 귀엽다. 재미있는 이야기를 할 때 비밀스럽게 눈이 빛나는 것도. 연은 자신의 일상이 매일 똑같다고 하지만 연이 사는 하루의 밀도는 내가 사는 하루의 밀도와 다르다. 연은 하루하루를 열정적으로 살아내는 친구였다. 그런 열정적임 곁엔 비둘기를 몰고 다니는 남자든 멋진 언니든 다양한 사람들이 얽혀들겠지.

밥을 먹고 산책을 좀 하다가, 연의 자취방에서 잠을 잤다. 연은 아무렇게나 집에서 입는 목 늘어진 티셔츠를 가져온 나를 보고 깜짝 놀라며, 귀여운 딸기가 있는 잠옷을 꺼내 내게 줬다. 연의 잠옷에서도 베이비로션 냄새가 났다. 예쁜 잠옷을 입고 자면 기분이 좋다고 연은 말했다. 연은 블루베리가 프린팅된 잠옷을 입었다.

연의 침대는 둘이 눕기에는 살짝 좁았다. 고개를 돌리면 바로 옆에 연의 숨결이 느껴졌다. 우리는 오랜 옛날이야기를 하고, 웃긴 이야기를 하고, 여고 시절 이야기를 하고, 아까 먹은 밥 이야기를 했다. 다음에 내려오면 또 가자, 연이 말했다. 나는 응, 하고 대답한다.

― 다음에 또 내려올 거야?

― 응.

― 다음엔 좀 더 일찍 내려와서, 거기 갔다가 예쁜 카페 가서 크로플도 먹자. 여기 진짜 맛있는 데 새로 생겼어.

― 응.

― 크로플이 뭔지 알아?

그러고 보니 크로플이 뭔지 모른다.

― 아니.

― 크루아상이랑 와플이랑 합친 거야. 거기에 아이스크림 올려 먹으면 진짜 맛있어. 특히 바닐라 맛이나 초코 맛. 그리

고…….

　나는 고개를 끄덕인다.

　— 아까 우리 간 데 말고, 파스타 가게…도 있거든. 거기…도 맛있어. 거긴 특히…….

　다음 말을 기다리는데 연이 오랫동안 조용하다. 연은 말을 하다 그만 잠들었다. 나는 잠든 연의 얼굴을 바라본다. 연의 얼굴은 상처 하나 없이 매끈하고, 귀엽다. 나는 연의 손목을 만진다. 뼈밖에 없는 것처럼 느껴지는 연의 가느다란 손목을 쓸어 본다.

　— 졸린다. 이제 자고……. 내일…….

　연이 잠결에 말한다. 나는 연의 품속으로 파고든다. 연은 팔을 열어 나를 가슴에 안는다. 나는 온기를 갈구하는 얼음 덩어리처럼 연에게 안겨 잠이 든다.

　함께 집에서 아침밥을 만들어 먹고, 연은 나를 기차역까지 배웅해 주었다. 연은 좋은 친구야. 밝고, 명랑하고 가끔은 믿기지 않을 정도로 순수하지. 그래서 좋아.

　플랫폼 의자에 앉아 기차가 들어오길 기다린다. 연은 내게 하늘을 가리키며 말한다. 와, 하늘 봐. 구름 너무 예쁘다. 연의 말에 올려다본 가을 하늘엔 연의 말마따나 예쁜 구름이 떠가고 있었다. 우리 고향에 원래 저렇게 예쁜 구름이 있었나? 그러고 보면 하늘을 올려다보지 않은 지 오래되었지.

 연이 말한다.

 ─ 아, 이렇게 날씨가 좋은데 놀러 가지도 못하고! 나중에 너랑 바닷가도 한번 가고 싶은데. 기억나? 우리 옛날에 제주도 놀러 갔던 거. 동해안도 한번 쫙 돌았었는데. 그게 벌써 몇 년 전이네.

 연의 말을 들으며 고개를 끄덕인다. 너 시험 끝나고 제주도 가자. 내 말에 연은 정말? 이라며 기뻐한다. 열심히 공부할게. 시험 치고 미친 듯이 노는 거야! 나는 그래, 하고 대답한다. 연이 덧붙인다. 날씨가 정말 좋다. 그렇지? 연과 나는 함께 하늘을 올려다본다. 하늘을 올려다보며 생각한다.

 오늘은 너무 행복한 날이야. 오랜만에 고향에도 오고, 고향에 왔는데도 가족 생각이 나지 않았어. 그리고 연을 만났지. 맛있는 일본 가정식도 먹고 연의 품에 안겨 잠에 들었어. 함께 아침도 먹고 이렇게 예쁜 하늘도 보고. 너무 행복해. 너무 행복한 날이야.

 선선한 바람을 맞으며 예쁜 구름이 떠가는 맑은 가을을 보다 보니 날씨가 너무 좋아서 선로에 뛰어들고 싶었다. 죽지 않기엔 너무 좋은 날씨였다. 이렇게 좋은 날씬데 아무것도 안 하고 있다고? 그런 생각을 하다 나는 소스라친다. 연의 옷깃을 꼭 잡는다. 기차가 무거운 몸을 이끌고 선로로 진입하고 있다. 내 귀에선 온통 기차의 경적소리가 울린다. 심장이 온통 뛰고, 몸을 벌떡 일으키는데 연이 내 손을 잡았다. 나는 너무 놀라 그만 중심을 잃고 바닥에 주저앉을 뻔했다. 연이 묻는다.

— 야. 너 제주도, 정말 갈 거지?

— 응? 응.

연의 말에 대답하는 사이에 기차는 플랫폼에 멈춘다. 시끄러운 소리를 내며 문이 열린다. 사람들이 하나둘씩 짐을 들고 기차에 탄다. 연은 그때까지도 내 손을 꼭 잡고 있었다. 손에서 온기가 느껴진다. 서울, 서울로 출발하는 KTX 352 열차 출발합니다. 승객께서는 타는 곳 3번으로 … 연은 나를 기차 안까지 바래다주었다. 출발 시각에 맞춰 연은 밖으로 나간다. 플랫폼에 선 연이 손을 흔든다. 나도 가만히 손을 들어 연에게 손 인사를 해 본다. 그러면서 생각한다. 나는 연에게 언제나 삶을 빚지고 있다고.

천천히 기차가 출발하기 시작한다. 나는 내 손에 담긴 연의 온기를 오랫동안 가둬두기라도 하려는 듯이, 두 손을 꼭 모으고 좌석에 앉아 있다. 아프지 말고, 상처 입지 말고. 이 따뜻함으로 좀 더 살아내야지, 끝의 끝까지, 생각한다.

민트초코 아이스크림과
데자와로 만든 아포가토

 연주는 민트초코 아이스크림과 데자와로 만든 아포가토를 먹으러 가자고 했다. 민트초코, 뭐? 되묻는 내 말에 연주는 또박또박 '민트초코 아이스크림과 데자와로 만든 아포가토'라고 말했다. 세상에 뭐 그런 음식이 다 있담. 심지어 쓸데없이 이름이 길기까지 해. 내게 그 메뉴명은 치키치키차카차카초코초코초와 비슷하게 들렸다. 그러니까 연주가 치키치키차카차카초코초코초를 먹으러 가자고 해도 나는 지금과 비슷한 당혹스러움을 느꼈을 것이었다. 물론 어느 나라에선 모든 음식 이름이 최소한 스무 글자는 될 수도 있을 테지만.

나는 그래서 그 (괴상한 이름의) 디저트를 파는 가게 이름이 뭐냐고 물었다. 연주는 중구에 있는…… '르플뢰르'라는 디저트 가게라 이야기했다. (르플뢰르는 또 뭐람.) 르, 뭐? 내가 되묻자 연주는 메뉴명을 말할 때처럼 미간을 살짝 찌푸리고서 다시 말한다. 르.플.뢰.르. 꽃 말이야, 꽃.

아하, 꽃. 연주의 말을 되새김질하며 나는 내비게이션에 르.플.뢰.르.를 띄엄띄엄 입력한다. 목적지까지 삼십 분. 연주의 옆얼굴을 힐끗 바라본다. 연주는 인스타그램으로 모종의 디저트 사진 -아마 민트초코 아이스크림과 데자와로 만든 아포가토 사진이겠지- 을 넘겨보고 있다. 아까 르플뢰르 말이야, 스페인어야? 차를 몰기 시작하며 내가 말한다. 연주는 핸드폰을 덮고 날 바라보며 말한다.

— 아니, 프랑스어야.

그렇군. 연주가 스페인어를 배우기에 혹시나 해서 물어봤는데 무안해진다. 나는 고개를 끄덕인다. 차창 밖엔 겨울 외투를 껴입은 사람들이 주머니에 손을 한가득 쑤셔 넣고 고개를 살짝 숙인 채 빠르게 길거리를 걸어가고 있다.

— 그런데 그거, 꼭 먹으러 가야 돼?

— 응?

— 맛이 좀 없을 것 같은데. 음식으로 장난한 것 같달까? 누가 아포가토를 민트초코하고 데자와랑 같이 먹어.

나는 그렇게 말하며 인터넷에 떠도는 괴식들을 생각하며 웃다가 아차, 싶다. 연주의 표정이 좋지 않다.

— 그냥 나는 그 아포가토를 먹고 싶다고.

연주는 스타카토를 단 것처럼 아포가토에 힘을 주어 말한다. 나는 기가 죽어 알겠어, 대답한다.

실은 나는 아포가토도 좋아하지 않고, 민트초코도 좋아하지 않고, 아이스크림도 좋아하지 않는다. 특히 더위를 덜기 위해 아이스크림을 먹는 것은 세상에서 가장 멍청한 짓이라 생각한다. 혀끝에 단맛이 남는 끈적한 아이스크림보단 차라리 냉장고에서 바로 시원한 냉수를 꺼내 벌컥벌컥 들이켜는 게 훨씬 효율적인 선택이다. 어쨌거나 연주가 먹고 싶다는 그 긴 디저트 이름에서 내가 유일하게 좋아하는 것은 데자와였다. 학교 공학관 학술관엔 음료 자판기와 소파가 놓여있었는데 맨 윗줄은 언제나 데자와가 자리하고 있었다. 밤을 새우고 먹는 데자와의 텁텁하면서도 싱거운 알 수 없는 맛은 끊임없이 다시 그 음료를 마시게 한다.

어쨌거나.

내가 좋아하는 것 하나와, 싫어하는 것 세 개로 구성된 기묘한 음식을 먹으러 나는 30분이 넘는 거리를 차로 운전한다. 옆에서 연주가 콧노래를 흥얼거리기 시작한다. 또 데스파시토다. 연주는 그 노래를 가사가 야해서 좋아한다고 한다. 연주는 한 노래 가사에 꽂히면 그 부분만 몇십 번이고 반복해서 부르는 버릇이 있다. 아무튼 그 시끌벅적한 -나는 그렇게밖에 들리지 않는다- 노래에서 연주는 무슨무슨 뿌에르또리꼬가 나오는 부분을 좋아한다. 나는 인터넷을 뒤져 그게 푸에르토리코 해변에서 하자는 뜻인 것을 알아냈다. 그런데 굳이 푸에르토리코일 이유가 있을까? 연주는 앞으론 나와 푸에르토리코에서만 하기로 단단히 마음먹은 모양이었다. 한국의 평범한 침대 위에서는 연주는 철갑옷을 입은 듯 돌아누워 잠만 잔다. 연주는 아는지 모르는지. 이렇게 디저트를 먹으러 가는 날에 나는 가끔 연인이라기보단 오랜 편안한 동네 친구와 디저트를 먹으러 가는 듯한 기분이 들곤 한다.

목적지가 근처라는 안내음이 울린다.

주차할 공간을 찾아 나는 견인을 하지 않을 정도의 근처 골목길에 차를 댄다. 차에서 내려 연주와 함께 르플뢰르로 향한다. 하지만 뜻밖에도 가게 문은 닫혀 있었다. 문 안에 걸려 있는 Closed 안내판을 연주와 나는 해독하기 어려운 문자처럼 오랫동안 바라보았다. 오픈 시간이 채 세 시간이 지나기도 전에 문을 닫는 디저트 가게가 있다니! Closed 안내판 밑엔 재료 소진으로 일찍 영업을 종료합니다. 라는 궁색한 A4 용지가 붙어 있다.

연주가 입을 연다.

— 우리 이제 뭐 하지?

 급한 대로 근처 아무 카페에 와 아메리카노와 카페라테를 마신다. 우리 사이엔 치즈케이크가 하나 놓여 있다. 연주는 케이크를 조금 깨작거리고 미적지근한 카페라테를 빨대로 저으며 어쩐지 계속 못마땅한 표정이다. 왜 그러냐 물으니 연주는 케이크가 맛없어서, 라고 대답한다.
 — 치즈케이크는 눅진한 맛이 있어야 돼. 그런데 이건 그런 밀도가 하나도 안 느껴져.
 — 밀도.
 나는 연주의 말을 반복한다.
 — 맛있는 치즈케이크는 치즈케이크에 어울리는 밀도가 필요하단 말이야.
 그렇구나. 나는 고개를 끄덕인다. 그런데 연주는 여전히 기분이 좋아 보이지 않는다.
 — 아, 진짜. 정말 맛없어.
 연주는 포크를 내려놓더니 화장실에 갔다 오겠다며 일어난다. 나는 먹다 남은 치즈케이크 한 조각, 그리고 다 식어빠진 커피 두 잔과 함께 사물처럼 덩그러니 남겨진다. 치즈케이크가 맛없을 수는 있지만 그게 내 잘못인가? 연주는 오늘 내게 화풀이를 하지 않고는 못 배기는 것처럼 보였다. 게

다가 나는 치즈케이크 맛이 괜찮았다! 혹시나 해서 치즈케이크를 한 입 더 먹어본다. 밀도고 뭐고 그냥 적당히 평범한 치즈케이크다. 프랜차이즈 빵집이나, 이런 작은 카페들에서 먹을 수 있는 지극히 평범한 공산품 치즈케이크 맛. 비슷비슷한 컨베이어벨트를 타고 옮겨지는 비슷비슷한 치즈케이크들. 이것보다 더 맛있는 치즈케이크를 먹으려면 케이크 전문점을 가야 하지 않을까. 포크를 내려놓고 미적지근한 아메리카노를 한 모금 넘긴다.

화장실에서 돌아온 연주는 갑자기 집에 가자고 했다.

— 집에 가자고?

— 응.

— 갑자기? 우리 만난 지 한 시간밖에 안 됐잖아.

— 몰라. 그냥 쉬고 싶어.

나는 그 말에 더 이상 어떤 대꾸를 해야 할지 몰라 그저 가만히 있었다.

연주를 집에 바래다주는 길엔 나도 짜증이 조금 나 있었다. 연주는 옆에서 계속 데스파시토를 흥얼거렸고 나는 그 노래가 현기증 날 정도로 싫어지려 할 지경이었다. 도로를 달리는데 오토바이 몇 대가 위험하게 내 앞으로 끼어들었고 앞서 달리는 양 차선의 차 두 대가 비슷한 속도로 달리며 교통

체증을 유발하고 있었다. 그러거나 말거나, 연주는 데스파시토다. 나는 연주를 사랑하지만 연주의 끝없는 흥얼거림이나, 즉흥적인 부분이나, 감정적인 부분은 감당하기 힘들 때가 있다. 하지만 내가 싫어하는 것 세 개와 좋아하는 것 하나로 이루어진 민트초코 아이스크림과 데자와로 만든 아포가토를 먹으러 가 보기로 결정한 것처럼, 그럼에도 불구하고 연주를 사랑했다. 그런데 오늘은 좀 달랐다.

오늘처럼 혼자 왜인지 심통이 나 있는 연주를 달래려면 '먹고 싶었던 디저트를 못 먹어서 아쉽지. 다음에 꼭 먹으러 가자.'라고 말하며 손을 잡아 주면 된다. 하지만 그 쉬운 행동을 오늘은 하고 싶지 않았다. 그러니까, 나도 그만 심통이 나 버린 것이었다. 집으로 향하는 내내 나는 핸들만 잡고 있었고 간헐적으로 기어를 잡았다. 기어에서 아주 조금만 더 오른쪽으로 손을 옮기면 연주의 자그맣고 따뜻한 손을 잡을 수 있지만 굳이 그렇게 하지 않았다. 언젠가부터 연주는 흥얼거림을 멈췄고 그 덕에 나는 운전에 더 집중할 수 있었다.

체감상 낯선 땅 푸에르토리코를 몇십 번이나 지난 끝에 연주의 집 골목 근처에 도착했다. 연주는 가족이 볼까 봐 항상 집에서 한참 떨어진 골목에서 내리곤 했다. 나는 능숙하게 차를 세운다. 이제 들어가라고 말하려 연주를 보는데 뜻밖에도 연주는 울고 있었다. 내가 전방주시를 하며 앞차와의 거리를 지키며 운전해 오는 내내 연주는 옆에서 울고 있었던 것이다! 그러나 우는 연주를 보는 내 마음은 이상하게도 차분했다. 왜 울어 연주야, 라고 말하는 내 음성은 내 입에서 나온 목소리라고 하기에도 민망할 정도로 미적지근하다. 중학교 때 별명이 수면제였던 국어 선생님이 딱 이 톤으로 교과서를 읽어주었지. 그냥 나도 왜 울어 연주야라는 교과서 시의 한 구절을 읊은 것이었다고 변명이라도 하고 싶을 정도였다.

연주는 한참을 울더니 헤어지자고 말했다. 나는 그 말을 듣고 정신이 얼떨떨해 아무 말도 하지 못하고 있었다. 입을 열어봤자 '어?' 라든가 '응?' 같은 바보 같은 음절만 튀어나왔을 것이었다. 연주는 흐느끼며 우리 관계가 너무 밍숭맹숭하다고 이야기했다. 다 녹아버린 아이스 카페라테처럼. 그러니까, 연주는 눅진한 치즈케이크 같은 밀도를 내게서 원하는데 나는 그런 맛있는 치즈케이크가 아닌 것이다.

— 이번에 먹으러 가자고 했던 아포가토도 말이야. 듣자마자 맛없을 것 같다고 하고. 괴식이라니 그런 말만 하잖아.

그런 생각이 들었던 걸 어떡하나. 나는 멍하니 듣고 있다.

— 그냥 맛있겠다고 해 주면 되잖아. 그게 어려워? 음식을 장난 취급하고. 그리고 아까 차 안에서 실랑이만 안 했으면 문 닫기 전에 갈 수도 있었을 거야.

― 미안해.

나는 급한 불을 끄듯 그렇게 내지르고 덧붙인다.

― 다음 주 일요일에 가자.

하지만 그 말에 연주는 오히려 더 울음을 터트려 버린다. 그러더니 내가 지금 그 아포가토 때문에 이러고 있냐고 말했다. 그럼 뭐 때문이지? 방금 전까지 한 이야기가 아포가토 이야기인데! 나는 제발 연주가 비유를 그만하고 직설적으로 말을 해 주었으면 싶었다. 이럴 때 연주는 어려운 작품만 써대는 시인이나 소설가와 똑같이 느껴지고, 나는 벌을 받듯 수능 시험장에 앉아 문학 문제를 푸는 것만 같은 기분이 들곤 했다. 차라리 연주가 수학 문제였다면 나는 정답만을 맞힐 자신이 있었지만 안타깝게도 연주는 수학이 아니다. 선지도 연주 마음대로, 답도 연주 마음대로. 그 속에서 나는 때론 정답을 맞혔고 때론 매력적인 오답을 밟고 고꾸라지곤 했었는데 오늘 같은 경우는, 제대로 오답을 말해 버린 것 같다.

연주는 연애가 길어질수록 나와 감정적으로 교류하고 있다는 느낌을 받지 못했다고 했다. 알고 보니 연주가 푸에르토리코를 흥얼거린 것은 말 그대로 어딘가로 나와 여행을 가서 하고 싶었다는 것이고, 같은 멜로디를 몇십 번 부르면서는 언젠가 한 번쯤 내가 같은 소절을 부르기 -최소한 웅얼거리기- 라도 했으면 좋겠다고 생각했고, 자신이 민트초코 덕

후라고 몇십 번은 이야기했었고, 특히 이렇게 울고 있으면 휴지라도, 휴지가 없으면 손이라도 들어 눈물을 닦아 줄지 알았다는 것이었다.

  나는 연주가 그런 생각을 하고 있는지 꿈에도 몰랐다. 특히 푸에르토리코에 그런 의미가 있었다니? 와다다다 쏟아진 엄청난 말들에 나는 거의 압사할 만큼 납작해졌고, 내가 연주에게 너무한 사람이었단 생각이 드는 한편으론, 그런 것들을 혼자 3D 프린터마냥 한층한층 쌓아두고 있었던 연주에 대한 원망이 생겨나기 시작했다. 내가 그 정도로 잘못한 것인가? 그냥 말만 한번 해 주면 되었잖아. 여러 번도 아니고, 단 한 번만. 한 번만 그렇게 말을 했으면 우리 사이 문제는 복잡한 국어 문제에서 단순한 수학 문제가 되니까. 연주가 노래를 흥얼거리면 같이 따라 부르고, 푸에르토리코를 부르면 어딘가로 함께 여행을 가면 되는 쉬운 문제인데. 그런데 내겐 단 한 번의 기회도 없었다.

  그 생각에 이르자 내 안에 있던 연주에 대한 사랑은 한순간에 스위치를 내린 것처럼 팍, 꺼졌다. 나는 민트초코도 아포가토도 좋아하지 않지만, 연주에 대한 마음으로 민트초코 아이스크림과 데자와로 만든 아포가토를 기꺼이 먹으러 가기도 한 사람인데. 연주는 그런 것들은 전혀 생각하지 않는 것처럼 보인다.

나는 연주의 눈물을 닦아 주었고, 연주는 한동안 더 울다, 그럼 조심히 들어가라고 말하며 차 문을 열었다. 나는 그 다정한 말에 연주가 헤어지겠다는 마음을 바꾼 건가 싶었지만, 아니었다. 연주에게선 그 어떤 연락도 오지 않았고, 그래서 나도 연락하지 않았다. 그러다 연주가 너무 보고 싶었다. 그냥 아는 오빠동생으로라도 지내면 안 될까, 라는 말도 안 되는 찌질한 이야기를 하고 싶어 온몸이 근질거렸지만 참았다. 아니 사실 참지 못하고 그 이야기를 카톡으로 남겼지만 연주는 이미 나를 차단했는지 1이 일주일이 지나도 없어지지 않았다. 추한 꼴을 보이기 전에 연주가 먼저 나를 차단한 것을 오히려 다행스럽게 여기다, 이 주 정도가 지나 들어가 본 카톡에서 1이 없어져 있는 것을 보고 나는 그만 심장이 내려앉는 기분이었다.

　자판기에서 데자와를 뽑아 들고 연구실로 향한다.

　연구실에 틀어박혀 밤샘 작업을 하며 데자와를 마실 때마다 나는 우리가 헤어지던 날 먹기로 했던 그 이름 긴 디저트 생각을 한다. 그리고 연주를 생각한다. 실은 매일 밤을 새우고 하루에도 두세 번씩 데자와를 먹었으니 하루에도 몇 번씩 연주를 생각한 셈이다. 그렇게 느리게 시간이 흘렀다.

　언제나처럼 밤샘 작업을 끝내고 집으로 가는 길에 나는 문득 지하철에서 내리고 싶었다.

여전히 겨울이었다.

종로에서 내린 나는 청계천을 따라 걷는다. 하얀 새들이 또다시 하늘로 편대를 지어 날아오르고 있었다. 사람들은 똑같이 코트나 패딩에 두 손을 찔러넣고 걸어가고, 나는 문득 민트초코 아이스크림과 데자와로 만든 아포가토를 먹어보고 싶었다. 가게 이름이 기억 안 나 한참을 길거리에서 서성이다 '꽃'이라고 말했던 연주의 목소리가 생각난다. 프랑스어로 꽃을 검색해 본 나는 이윽고 르플뢰르 앞에 도착한다. 가게는 통유리로 되어 있었고 한눈에 봐도 안은 온통 사람들로 가득 차 있다. 나는 가게 안으로 들어가 빈자리가 없냐고 묻는다. 대기하실 수는 있는데 아무래도 디저트라 자리가 새로 나는 데 오래 걸릴 수 있는데 괜찮으시겠어요? 직원이 말한다. 나는 괜찮다고 하고, 번호를 적고, 밖으로 나온다.

놀랍게도 가게 안에 있는 사람들은 모두 민트초코 아이스크림과 데자와로 만든 아포가토를 하나씩 사이에 두고 마주 앉아 있었다. 그 괴상한 요리를 서로의 입에 살며시 떠 넣어주며 환히 웃는 연인들은 다른 차원에 존재하는 사람인 듯 낯설기만 했다. 하지만 분명한 건 그들이 그 디저트를 먹으며 행복과 사랑이 넘쳐 보인다는 것이었다. 사랑에 제대로 빠진 것 같은 커플의 옆얼굴을 흘긋흘긋 바라보고 있는데 직원이 급히 문을 열고 나온다. 정말 죄송한데 오늘 재료가 모두 소진되어서요. 죄송합니다. 다음에 방문해 주세요. 나는 알겠다고 한다.

나는 이제 인정해야만 했다. 연주와 나는 짝이 맞지 않는 젓가락이었다. 그러니까 세상엔 민트초코 아이스크림과 데자와로 만든 아포가토를 먹고 싶은 사람과, 그렇지 않은 사람이 있는 것이다. 비유로 말을 하는 사람도 있고, 틈만 나면 노래를 흥얼거리는 사람도 있다. 어딘가엔 푸에르토리코를 찰떡같이 알아들으며, 연주가 낸 문학 문제를 가뿐히 풀어 줄 시인 같은 사람도 있을 테다. 연주는 민트초코 아이스크림과 데자와로 만든 아포가토를 마주 앉아 맛있게 먹어 줄 멋진 연인을 만나 오래 사랑하겠지. 아마도 말이다.

민트초코 아이스크림과 데자와로 만든 아포가토의 세계에 두 번이나 거절당한 나는 한동안 가게를 바라보다 발걸음을 돌린다. 연주가 그렇다면. 내게도 하루에도 몇 번씩 데자와를 마시는 멋진 사람이 나타나지 않을까, 하는 생각에 이르러서는 집으로 향하는 발걸음은 점차 가벼워지고, 나는 새처럼 가벼운 리듬으로 르플뢰르에서 이별해 멀어져간다.

12月

누누

 이렇게 어두운 날 밤엔 나는 차가운 방에 홀로 누워 누누를 떠올리곤 했다. 창문을 닫아도 어둠, 창문을 열어도 어둠. 눈을 떠도 어둠, 눈을 감아도 어둠인 그런 날이었다. 누누는 돈을 벌겠다고 대만 어딘가에 있는 어느 회사로 떠났다. 어느 회사. 누누는 그 회사가 무슨 일을 하는 회사인지 말해 주지 않았다. 내가 누누가 떠난 회사에 대해 아는 것은 대만에 있다는 것과 누누의 말에 따르자면, 돈을 많이 벌 수 있다는 것밖에 없다. 누누는 음식물 쓰레기를 수거하는 일을 했으니, 대만 어딘가에서도 쓰레기 수거 회사에 취직하려나? 어쨌거나 누누가, 이왕 음식물 쓰레기를 관리한다면 그 속에서 일

등을 했으면 좋겠다. 대만의 모든 음식물 쓰레기를 관리하는 대장 같은 것이 되어서 차츰차츰 다른 나라까지 진출하는 거지.

떠나기 전에 누누는 대만이 기회의 땅이라 했다.

기회의 땅.

나는 그 단어를 한 번 발음해 보았다. 말을 하기 전까진 잘 몰랐는데 소리를 내어 말을 하자 방 안엔 더욱 끔찍한 적막만이 남았다. 얼마간 더 뒤척이다 나는 눈을 감았다. 누누와 나에게 기회의 땅은 비행기 정도는 타야 도달할 수 있는 곳이자 낯선 언어를 쓰고 낯선 음식을 먹는 곳. 내가 발을 디디고 사는 이곳에선 어쩌면 평생 기회 따위 없는 것일까 생각하면서.

먼저 말을 걸었던 것이 누누였는지 나였는지 알 수 없다. 누누 말로는 자기가 내게 먼저 말을 걸었다고 하고, 내 기억으론 내가 먼저 누누에게 말을 걸었기 때문이다. 내가 점심을 먹으러 자주 가는 식당은 테이블이 기름때로 끈적한 곳이었다. 그래도 반찬이 무한리필이라 나는 그 식당을 좋아했다. 하루에 한 끼를 먹는데, 단돈 육천 원으로 아침에 제육볶음이나 소불고기 같은 것을 든든하게 먹을 수 있는 것은 하루에 누릴 수 있는 소소한 행복이었다. 그날도 나는 제육볶음을 시켜 놓고 혼자 먹고 있었고, 가게 안엔 사람이 많았다. 그렇게 사람이 많은 날엔 낯선 사람과 겸상을 하게 되는 일도 있었다. 가게 문이 열리고, 호리호리한 체격의 남자 하나가 들어왔다. 남자는 살짝 주눅이 든 것 같은 표정으로 가게 안을 훑어보았고, 서빙을 하시는 아주머니가 능숙하게 남자를 가게 안으로 이끌며 내 테이블 쪽으로 와 말했다.

— 여기 겸상. 괜찮죠?

거기서 안 된다고 하는 사람이 몇 있을까. 아주머니 옆엔 내 눈치를 보며 쭈뼛쭈뼛 서 있는 사람이 있는데. 나는 고개를 끄덕였고 그렇게 누누와 나는 마주 앉았다. 그리 어색하지는 않았다. 이 식당에서 낯선 사람과 아침을 겸상하는 경우야 종종 있는 일이고, 상대방이 뭘 먹든 뭘 하든 신경 쓸 시간도 없이 내 몫의 밥을 먹는 것에 집중하니까. 나는 깻잎 하나를 집어 들고 쌈을 싸 입안 가득 집어넣고 우물우물 씹었다. 누누는 이 식당에 처음 온 듯 메뉴판을 한참을 바라보고 있었다. 간헐적으로 자꾸만 두 손을 비비며 앞머리를 쓸어넘겼다. 누누는 우렁된장을 –아마 그랬을 것이다– 주문했고, 뭘 찾는지 분주했다.

— 숟가락 여기 있어요.

내가 손으로 테이블 밑을 가리키며 말했다. 누누는 그 말에 나와 눈을 맞추더니, 곧 시선을 떨어트리며, 고맙다고 했다.

뭐, 네. 나는 그렇게 대답하며 젓가락으로 고기를 집어 들었다. 그러니까 나는 '숟가락 여기 있어요'라는 말을 내가 꺼냈으니 내가 누누에게 먼저 말을 걸었다는 주장이다. 그런데 누누는 그 뒤로 말 없는 식사가 지속되다 본인이 이렇게 말을 먼저 걸었다고 이야기하곤 했다.
— 여기 자주 오시나요?

그 별 것 아닌 질문을 시작으로 우린 이런저런 이야기를 나누었다. 마치 친구와 점심 약속을 잡아 만난 것처럼. 그도 그럴 것이 보통 겸상을 하면 할아버지나 아저씨 같은, 나와 나이 차이가 많이 나는 사람들과 밥을 먹는 경우가 많았지만 누누는 누가 봐도 내 또래였다. 나와 같거나 조금 어려 보이는 앳된 얼굴. 방세를 아끼려고 고시원에서 살고 있다는 것과, 한 달 동안 번 돈으로 한 달을 살아간다는 '한 달 살이' 신세라는 것들, 나이와 사는 곳, 즐겨 듣는 노래 같은 것을 누누는 술술 말해 주었다. 그러다 내가 무슨 일을 하고 있는지 물어보았을 때 누누는 조금 망설였다. 아, 그게 지금 말하기엔 좀 그런데……. 뭐길래 그러냐고, 내가 하는 청소 일이랑 다른 게 별로 없을 거라고 말하며 나는 밥을 한술 떴다. 누누는 눈을 내리깔며 말했다. 음식물 쓰레기 수거하는 일을 해요.

— 뭐, 그렇군.

무슨 대단한 비밀이라고. 내가 구시렁거리자 누누는 밥맛 떨어질까 봐요, 라고 우물거렸다. 그러더니 덧붙였다. 자기가 일하고 있는 곳은, 따지자면 쓰레기 수거 하청의 하청의 하청 급 정도 된다는 것, 그래서 수중에 쥐는 돈에 비해 날마다 마주해야 할 하루의 일은 넘쳐난다는 것들. 그리고 이 일을 한 지 이년 정도 되었는데 밥을 먹으러 갈 때마다 몸에서 풍기는 냄새에 신경이 쓰인다는 것이었다. 냄새 안 나는데. 내가 말했지만 누누는 고개를 저었다. 예전에 밥 먹는데 옆 테이블 사람이 냄새난다고 해서요. 나는 무어라 대답할 말이 없었는데 마침 그때 다행히도 아주머니가 반찬 더 줄까, 라고 말을 걸어왔다. 네. 나는 그렇게 대답하며 빈 어묵볶음 접시를 내밀었고 다른 이야기를 시작했다. 식당에서 나갈 때 나는 누누에게 핸드폰 번호를 식당 테이블 위에 있는 주문표에 휘갈겨 적어 건넸다.

누누와 나는 그 식당에서 몇 번 더 밥을 함께 먹었고, 곧이어 누누는 고시원에 있던 짐을 빼고 내 반지하 방으로 들어왔다. 이편이 서로에게 이득이었다. 나는 방세를 반으로 줄일 수 있고 누누는 고시원과 비슷한 가격으로 더 넓은 방에서 잘 수 있으니까. 옷도 별로 없고 가지고 있는 게 별로 없어서 짐 싸는데 삼십 분도 안 걸렸다고 누누는 자랑스레 말했다. 짐이 없다는 건 좋은 거지. 나는 그렇게 대꾸했다.

누누가 내 집에 오던 날 우린 가스버너에 불을 올려 삼겹살을 구워 먹었다. 호일을 깔고 고기를 올리자 잘 익었다. 마늘도 구워 먹고 김치도 구워 먹고 소주도 네 병 정도 사와 나눠 마셨다. 누누와 그러고 있으니 너무나 익숙한 내 방구석이지만 어딘가로 여행을 떠나 온 것만 같은 기분이었다. 한참 동안 소주를 주거니 받거니 하다 보니 누누는 점점 혀가 꼬이기 시작했다. 물론 나도 피차일반이었지만. 나는 붉어진 누누의 얼굴을 바라보다 말했다.

─그런데 너, 이름은 본명이야?

나는 오래전부터 궁금하던 것을 물었다.

─아니. 본명은 아니고. 그냥…….

누누는 씹고 있던 고기를 넘기고 다시 입을 열었다.

─예전에 길고양이 밥 챙겨 줬었거든. 눈 하나가 없는 앤데, 만날 음식물 쓰레기만 파먹고 살아서 그런지는 몰라도 계속 비실비실거리고 제대로 울지도 못해. 눈 하나가 왜 없는지는 몰라. 아무튼 계속 지나가는데 자꾸 보여서. 내가 가진 게 물밖에 없어서 물을 줬어. 잘 먹더라고. 내 밥값 아껴서 고양이 밥 같은 것도 사서 줬어. 이름도 붙였지. 누누라고.

─왜 누누인데?

— 그냥 누렁이 마냥 누렇게 생겼어.

— 그럼 차라리 누렁이라고 하지.

— 누렁이는 강아지 이름 같잖아.

강아지 이름이랑 고양이 이름이 정해져 있나, 싶지만 나는 고개를 끄덕였다. 누누의 빈 잔에 소주를 한 잔 더 따라 주었다.

— 그런데 언제부턴가 안 보이더라고. 그래서 죽었구나 싶었지. 죽었거나, 아주 멀리 떠났거나. 그래도 나랑 다시 못 보는 건 똑같으니까 그냥 죽었구나, 생각했어. 그런데 좀 보고 싶더라고. 그 이름을 부르고 싶었거든. 그리고 또 며칠 지나니까, 그냥 그 이름을 내가 써도 상관없을 것 같은 거야. 내 이름이 누누든 벽돌이든 삼겹살이든 소주든 누가 신경 쓸 거야. 안 그래?

— 그렇지.

— 흔한 이름이든 이상한 이름이든 이름이 왜 그런지 물어보는 사람들은 드무니까. 형도 처음엔 안 물어봤지.

— 그것도 그렇지. 그냥 신기한 이름이네, 라고 생각하고 말겠지.

내가 대답했다. 우린 한동안 또 술을 마셨다. 누누는 냉장고를 열고 물을 벌컥벌컥 들이켜더니 천장을 올려다보았다. 천장을 올려다보다가 천천히 왼쪽으로 시선을 옮겼다. 방 왼쪽엔 쇠창살이 나 있는 창문이 하나 있다. 창문 밖으로는 아스팔트 경사면이 보였다. 누누는 갑자기 벌떡 일어나더니 잔뜩 붉어진 얼굴로 소리쳤다.

— 씨발 거지 같은 세상!

나는 누누의 말에 깜짝 놀라 심장이 쿵쿵 뛰었다. 이 반지하 방에서 그렇게 큰 소리를 낸 적이 나는 한 번도 없었다. 잔뜩 의기소침해 보이던 첫인상과 달리 누누는 가슴에 쌓인 것을 그렇게 악에 받친 소리로 바깥에 꺼내어놓고야 마는 인간이었다. 씨발, 씨발, 씨발 거지! 잔뜩 꼬인 혀로 내뱉는 누누를 따라 나도 신이 나 함께 외쳤다. 거지 같은 세상! 세상은 거지 같아! 누누도 신이 나 외쳤다. 거지! 거지! 씨발, 야하하!

누누는 야하하, 하면서 웃었다. 나는 누누의 이상한 웃음소리가 너무 웃겨 자지러질 듯이 웃었다. 아, 씨발, 누누 너, 야하하, 야하하. 나는 숨을 제대로 내뱉지 못해 계속 꺽꺽거리며 소리 질렀다. 누누는 내가 따라 한 누누의 웃음소리 따위 안중에도 없고 우주에 이 지구의 거지 같음을 피력하기 위한 인간 대표 연사라도 된 것처럼 작은 쇠창살 창을 바라보며 씨발 거지 세상!을 끊임없이 외쳤다. 나는 또 배를 잡고 웃고, 일어나 비틀거리며 낄낄대다 반쯤 남은 소주를 그만 장판에 엎어버렸다. 허둥지둥 휴지를 가져와 소주를 닦는 내내 알코올 향이 올라오고 누누는 씨발거리고 나는 웃고 시간은 흐르고.

 그러니까, 그날은 완벽한 씨발의 밤이었다.

 누누와 방에 이부자리를 깔고 누누는 왼편에 나는 오른편 벽에 붙어 잤다. 사실 벽에 붙었다고 해 봤자 방이 좁아 서로의 숨소리나 이불 속에서 부스럭거리는 움직임을 느낄 수 있었다. 따뜻한 체온을 가진, 천천히 숨을 내쉬는 인간과 함께 잠에 드는 것이 너무 오랜만이라 나는 조금은 어색했다. 하지만 수많은 밤이 지속 되며 누누의 숨은 곧 나의 숨. 누누의 불면은 곧 나의 불면. 같은 집에 살고 같은 수면 리듬을 공유하고 같은 집밥을 먹으며 누누와 나는 얼마간 닮아갔다. 누누와 나는 저녁 여덟 시 즈음이 되면 잠에 들었다. 누누도 나도 새벽에 일을 나가야 하기 때문이다. 집에서 나와 누누는 왼쪽으로 나는 오른쪽 골목길로 사라졌다.

 누누는 내게 최고의 친구였다. 친구일 뿐만 아니라 소중한 동생이었고 때론 누누가 기댈 곳이 필요하면 내 빈 어깨를 기꺼이 빌려주고 싶었다. 다정한 연인처럼. 누누가 밥을 챙겨 줬다는, 음식물 쓰레기를 파먹고 살던 길고양이처럼. 그 길고양이를 챙겨 주던 누누의 마음처럼 내겐 누누가 나의 길고양이였다. 언젠가 돈을 많이 벌게 될 때까지 우린 누덕누

덕한 반지하 방에서 언제까지나 함께 잠들고, 어두운 밤에 곧 밝은 새벽달이 떠오는 것처럼 언젠가 인생에 동이 터 올 때까지 그렇게 함께 있을 것이라 생각했다.

그런데 누누는 조금 다른 생각을 하고 있었던 모양이었다. 누누는 언젠가부터 입버릇처럼 우린 불쌍한 사람들이라 했다. 나는 그 말을 싫어했다. 나는 우리가 불쌍한 사람이라 생각하지 않았다. 우리는 그냥 우리에게 주어진 일을 할 뿐이고, 한 달을 벌어 한 달을 살 수 있다. 심지어 우린 일을 열심히 했으며, 우리에겐 젊음이 있다. 젊음이 있으니 언젠가 더 좋은 하루를 보낼 수 있을 것이다. 지금 삶이 부족할지언정 불쌍하진 않다고 나는 생각했다.

하지만 그런 말을 하자 누누는 내가 이상주의자라고 말했다. 형이 그렇게 생각하면 뭐해. 세상 사람들 다 그렇게 생각하지 않아. 길거리 가는 사람한테 물어봐. 비둘기 보는 것처럼 얼굴을 잔뜩 찌푸리고 속으로 씨발, 뭐야. 하고 생각할걸. 나는 누누의 말에 짜증이 났다. 누누가 하는 욕설에도 짜증이 났다. 누누와 더는 이야기하고 싶지 않아 그냥 일하러 갔다. 그날 이후로 누누는 내게 우리들이 불쌍하다느니 하는 이야기를 꺼내지 않았지만, 나는 마치 태어났을 때부터 그랬던 것처럼 선천적으로 주눅 들어 있는 누누의 눈동자를 바라보며 누누의 세계에서 우린 억겁의 시간이 지나도 여전히 불쌍한 인간일 것이란 생각을 했다. 그것은 생각보다 비참한 것이었다. 나는 누누를 제외한 모든 사람에게 불쌍하게 비치는 것은 상관없었으나. 누누에게만은 조금은 멋있는 사람이 되고 싶었으니까.

언젠가 밤에 누누는 말했다.

― 형. 형이 나를 떠나갈 걸 알아.

이건 또 무슨 소리인가. 나는 그 말을 듣고 신경질적으로 뭐? 하고 대꾸했다. 정자세로 누워있던 나는 왼쪽으로 몸을 돌렸다. 누누의 등이 눈에 들어왔다. 누누는 여전히 왼쪽 벽을 바라보고 누워있었다.

― 우린 언젠가 따로 지내게 될 거야.

― 왜?

― 그렇게 해야 하지 않겠어? 형은 평생 나랑 이 반지하 방에서 지낼 거야?

누누의 말에 나는 머리끝까지 화가 났다. 그렇게 포기하지 말고 최대한 노력해 볼 수도 있지 않은가. 그러나 누누는 한동안 침묵하다 말했다.

― 그냥, 이렇게 사는 것 말이야. 모아둔 돈도 없이 사는 거. 여기 계속 있다간 평생 이렇게 살 것만 같아.

그게 문제인가? 함께 지금처럼 사는 건 안 되는 것인가? 그런 생각을 하고 있는데 누누가 한마디 더 했다.

― 이런 삶, 좀 지긋지긋해. 형은 잘못 없어. 형이 싫다거나 하는 것도 아니야. 형에 대한 내 감정은 똑같은데, 그냥 이런 생활이 싫어. 형도 나도 매일 하는 이 생활 말이야. 이렇게 평생을 산다고 생각하면 끔찍해.

누누의 모든 말들은 내 가슴을 후벼팠고, 나는 누누에게 다른 말을 해 줄 수가 없었다. 그때 나는 누누와 그런 생활을 지속하는 것만으로도 감사했다. 어쩌면 그것은 내가 누누보다 더 주눅 든 채 살고 있다는 증거였을까. 누누가 대만으로 떠나겠다는 말을 한 건 그로부터 일주일쯤 뒤였다.

― 형 나 방 뺄게.

누누에게서 문자가 왔고 나는 답장하지 않았다. 내가 답장하거나 말거나 누누는 짐을 쌌다. 그날 저녁 누누는 단출한 짐을 쑤셔 넣은 작은 캐리어를 들고 문간에서 내게 인사했다. 잘 가. 나는 그렇게 말했고 누누는 그러겠다고 말하며 발걸음을 옮겼다. 연락해. 내가 말했다. 누누는 또, 그러겠다고 했다.

누누의 발걸음 소리가 멀어져갔다.

*

누누를 다시 만난 것은 누누가 떠난 지 일 년 정도 되었을 때였다.

  누누는 아무 예고 없이 내 삶에 나타난 것처럼 기별도 없이 다시 내 앞에 나타나 있었다. 누누는 한겨울에 추위도 모르고 반지하 현관문 옆에 걸터앉아 졸고 있었다. 추적추적 소나기가 내리고 있었고 누누의 패딩은 온통 젖어 있었다. 나는 허겁지겁 달려가 누누를 깨웠다. 누누는 나를 보았고, 누누의 깊은 눈동자는 예전과 변한 게 없었으며, 휘청거리며 일어섰다. 형, 나 왔어. 그렇게 말하며 씩 웃는 누누의 이빨은 군데군데 썩어 있었다. 살짝 드러난 손등은 앙상하게 말라 있었다. 나는 누누에게 대만의 디긑 자도 꺼낼 수 없었다. 여전히 알 수 있는 것은 아무것도 없지만, 단 하나 확실한 것은 누누가 찾던 그 기회란 것이 머나먼 대만에도 없었다는 것이었다.

  나는 비를 맞으며 누누를 안았다. 누누에게선 비 냄새와 함께 옅은 음식물 쓰레기 냄새가 났다. 누누는 울음을 터트렸고, 나도 그만 울 것 같은 기분이 되었다. 나는 누누를 꽉 끌어안았고, 이렇게 함께 서로에게 기대 오래오래 아름답고 싶었다.

그림자

 진이에게서 전화가 온 것은 오랜만이었다. 나는 휴대폰 액정에 뜬 진이라는 이름을 보고 이걸 받아야 하나 말아야 하나 잠시 고민한다. 오후 한 시가 다 되어가는 시간이었지만 나는 여전히 춥다는 핑계로 침대에 누워있었고, 머리는 감지 않아 잔뜩 떡진 채였다. 웅웅 울리는 휴대폰을 가만히 보고 있다가 결국 비스듬히 누워 스피커폰으로 통화 버튼을 누른다. 여보세요?
 ― 한수현!
 진이의 목소리가 울린다.
 ― 야, 잘 지내고 있어? 오랜만이지? 그냥 요즘 뭐 하나 싶

어서 전화했다.

— 응. 뭐.

나는 그렇게 말하며 뭉그적거리며 이불 속으로 들어간다.

— 나야 뭐 똑같지.

— 너 그때 다니던 출판사 아직도 다녀?

— 아니. 거기는 퇴사했고. 지금은… 충무로 인쇄소에서 일하고 있어.

— 충무로?

진이가 반가운 말투로 말한다.

— 야. 너 옛날에 영환지 뭔지 찍겠다고 충무로 간다고 하지 않았나?

— 그건 그냥 술 마시다가 말한 거지. 아무것도 모르고 어릴 때.

— 그래도 결국엔 충무로로 갔네?

진이는 그렇게 말하며 웃는다. 나도 그냥 실실 웃는다. 진이는 자신은 아직 예전에 다니던 아트홀을 계속 다니고 있다고 말하며, 이번에 자신이 기획한 기획전에 대해 어쩌고저쩌고 떠들다가, 그럼 우리 만나서 이야기하자고 말하며 통화를 마무리한다. 나도 그러자고 한다. 그럼 오늘 어때? 내가 묻는다.

— 오늘?

진이는 잠깐 일정을 확인해 보는 듯 침묵하더니 말한다.

― 그래. 그럼 오늘 3시쯤에 봐.

알겠다고 대답하고 나는 전화를 끊는다.

진이와 나의 기이한 우정은 항상 이런 형태로 끊길 듯 말 듯 지속되고 있다. 침대에서 일어나 창문을 열자 차가운 겨울바람이 창문처럼 네모나게 새어 들어온다. 나는 늘어지게 하품을 하고, 수건과 갈아입을 옷가지를 챙겨 욕실로 들어간다. 한 시가 되어서야 일어났지만 이미 다른 사람들은 월화수목금 뒤에 오는 꿀 같은 주말 아침부터 일어나 책을 읽거나 산책을 하며 시간을 소중히 쓰고 있을 것이었다. 사람들의 활기로 넘실대는 거리의 풍경 속으로 게으른 내가 들어가기엔 최소한 샤워라도 하는 작은 의식이 필요하다.

이를 닦으며 거울을 본다. 눈썹 정리를 좀 해야 하는데, 생각한다. 어쩐지 진이를 만날 때마다 내 눈썹은 엉망이었다. 다시 방으로 들어가 서랍을 뒤져 겨우 눈썹 칼을 찾아낸다. 눈썹 칼은 오래 쓰지 않아 녹이 슬어 있다. 나는 잔뜩 녹슨 칼 단면을 잠시 바라보다 그냥 거울을 보며 쓱쓱 눈썹을 정리한다. 생각해보면 살면서 어디 하나 엉망이지 않은 것은 없다.

진이와 나는 대학교에서 만났다. 새내기 배움터였는지, 모꼬지라고 부르던 새내기 친목회에서였는지 기억은 잘 나지 않는다. 그때의 모든 모임은 어색한 분위기에서 시작해, 잔뜩 취한 왁자지껄한 술자리로 끝나곤 했다. 그날도 대충 어떤 행사가 끝나고 이어진 술자리였는데, 술에 취한 다른 새내기들이 하나둘씩 택시를 타고 집으로 돌아갈 때까지도 진이와 나는 남아 있었고, 그래서 자연스럽게 자석에 끌리듯 서로의 옆자리로 와 앉게 되었다.

진이와 친해지게 된 건 내 물잔에 몰래 소주를 흘려 넣던 복학생 남자의 손목을 잡고 진이가 지금 선배 뭐 하는 거냐고 이야기했을 때였다. 그 남자는 진이에게 잡힌 손목이 당황스러웠는지 어버버하며 아무 말도 하지 못했고, 나는 그대로 짐을 챙겨 술자리를 나왔다. 점점 남은 남자들에게 재미도 없어지고 있던 차라 아주 잘 된 노릇이었다. 집으로 가는 심야버스를 타려면 양옆으로 늘어선 포차들 사이를 걸어 내리막길을 내려가야 했다. 가는 길에 편의점에 들러 초코우유나 사 먹을까 생각하며 걷고 있는데 진이가 나를 불러세웠다. 야, 야.

— 같이 가자. 너 이름이 수현이랬지?

진이가 말했다. 나는 고개를 끄덕였다. 내리막길 아래쪽에 있는 편의점이 가까워졌을 때 나는 초코우유를 사야겠다며 편의점 안으로 들어갔다. 진이도 자신도 살 게 있다며 편의점 안으로 들어갔다. 진이는 담배를 사며 내 초코우유도 같이 사줬다. 그게 고마워서 담배 피우는 진이 옆에 나는 그냥 서 있었다. 아까 그 새끼 처음부터 눈빛 이상했어. 대학 생활 잘하려면 그런 또라이 잘 걸러 내야 돼. 진이는 벽에 비스듬히 등을 대고 서서 나를 보며 그렇게 말했다. 나랑 똑같은 스무 살 신입생이면서 그렇게 세상만사 다 안다는 듯 말하는 게 참 웃겼다. 진이야말로 은근슬쩍 붙어 앉아, 안주를 가져오는 척하며 팔꿈치로 진이의 가슴을 쳐대는 남자에게 아무말도 하지 않았으니까. 그러나 거꾸로 생각해보면 그런 진이가 내 물잔에 소주를 따라 놓는 남자에게 한 방 먹여 준 것이 나는 고마웠다. 그래서 나는 현자를 자처하는 진이의 말에 그저 알겠다고 했다.

그 골목에서 진이와 이런저런 이야기를 하고서 나는, 서로가 오랫동안 알아 왔던 친구인 듯한 느낌에 휩싸였다. 돌이켜 생각해보자면 처음 만난 순간부터 우리를 결속한 그것은 틈만 나면 찾아오는 무기력증과 우울증임은 더할 나위 없는 사실이었다. 거울을 보듯 나와 똑같은 진이는 때론 내 유일한 해방구였고 때론 나를 옭아매는 족쇄였다. 그러니까, 진이는 내 어두운 그림자 같았다. 그렇기에 가끔은 자신의 그림자를 마주하는 것은 생각보다 쉽지 않은 일이다.

내가 기분이 좋을 때 진이를 보면 가끔 다시 우울해진다.

내가 우울할 때 진이를 보면 우울해진다. 웃긴 건 그러면서도 나랑 똑같은 존재가 있다는 것에, 내게 무슨 말이라도 해줄 존재가 있다는 것에 위안을 받기도 한다는 것이었다. 진이와의 관계는 부작용이 간헐적으로 있는 약 같았다. 우리는 그래서 각자 자신의 우울을 견디다, 서로가 걱정되거나, 혹은 자신이 견디기 힘들어질 때 즈음에 뜸하게 만났다. 뜸하게 만나도 진이와 나는 바로 어제 만난 것처럼 반가웠으며, 날밤이 새도록 함께 술을 마셨다. 그러니까, 술과 밤으로 얼룩진 대학교 저학년 때 진이와 나는 최고의 음주메이트였다.

나는 슬픔을 나눈다는 말을 믿지 않는다. 슬픔을 나눈다는 건 순 거짓말이다. 나도 내 슬픔을 어찌하지 못하는데 누가 내 슬픔을 나누고 책임져 준단 말인가? 그래서 진이도, 나도 서로의 슬픔을 서로와 나눌 생각이 없었다. 다만 우린 함께 있으면 오래 즐거웠고, 골목을 휘청이며 펑펑 울었고, 화장실에서 토를 하는 서로의 등을 가만히 두드려주곤 했다.

샤워를 하고 머리를 탈탈 말리며 오랫동안 보지 못한 진이의 생김새를 생각한다. 그래 그렇게 생겼었지. 머릿속에서 진이를 만들어내자 진이는 꺄르륵 웃으며 내게 술병을 건넨다. 아, 센스없네. 나 자작하게 만들 일 있어? 진이의 목소리가 머릿속에서 울린다.

그 골목길에서 진이를 마주한 이후로, 우린 술을 많이도 마셨다. 같은 대학교에 다니고, 같은 동네에서 자취하니 정말이지 최고의 술친구였다. 안주로 닭볶음탕 같은 걸 시켜 놓고 계속 물을 부으며 술을 마셨다. 다시 국물이 많아진 닭볶음탕을 보며 '이것 봐. 이게 하느님의 은혜시다!', 라며 깔깔거리던 진이의 목소리가 떠오른다. 진이는 교회를 다니면서 술은 또 그렇게 많이 마셨다. 모태신앙이라 어쩔 수 없이 주말마다 교회로 끌려가곤 했다는 것이 진이의 변명이었다.

진이와 술을 마시던 것을 생각하면 떠오르는 장면들이 있다.

펍에서 맥주를 마시다 보면 근처 테이블 남자가 다가와 자기들도 두 명이라 말하며, 합석하지 않겠냐고 물어보곤 했다. 사실 그렇게 직접적으로 말을 하기 전엔 꼭 감자튀김이나 스팸 튀김 같은 안주가 갑자기 우리 테이블에 도착한다. 아르바이트생이 안주를 내려놓을 때, 진이가 '저희가 시킨 거 아닌데요?'라고 말하면 아르바이트생은 '아, 그런데 저쪽 테이블 남자분들이 여기로 시켰어요.'라고 말한다. 내가 진이의 어깨너머로 슬쩍 웨이터가 가리킨 곳을 바라보면 이미 맥주 몇 잔을 비운 남자 둘이 슬슬 우리 눈치를 보며 잔을 기울이고 있다.

그렇게 '주문 당한' 안주는 나와 진이 사이에서 외면받는다. 그걸 하나라도 집어먹으면 뭔가 그 남자들의 합석을 허용해 주어야 할 것만 같은 느낌이기 때문이었다. 안주를 먹지 않고 있으면 테이블에서 남자가 일어나 다가온다. -나는 이때 온다, 온다, 라며 입 모양으로 진이에게 말한다.- 그리고 내 옆으로 와 묻는다. 패턴은 뻔하다. 먼저 그들은 자신들이 보낸 안주의 안부를 묻는다. 저기, 아까 안주 저희가 보냈는데, 받으셨나요? 내가 눈앞에 놓인 안주를 보며 네, 라고 대답하면 본론이 나온다. 합석으로 시작하는 진부한 말들. 갖은 이유로 연거푸 거절한 끝에 겨우 남자는 제자리로 가고, 나는 진이와 술잔을 부딪치며 곁눈으로 남자들의 동태를 살핀다. 그리고 드디어 남자들이 밖으로 나가면, 그때부터 우리의 행복이 시작된다. 나는 안주를 입안에 넣으며 씩 웃는다.

 진이는 처음엔 그래도 공짜로 받은 안주를 먹는 건 자존심이 상한다고 했지만, 내가 소스를 듬뿍 찍어 입에 넣어 준 스팸 튀김을 맛보고 나서는 그런 말은 일언반구도 없이 웃었다.

 카페 문을 열고 진이가 들어온다.
 직장인이 된 지 삼 년이 넘은 진이는 많이 지쳐 보인다. 대학생 때는 간헐적으로 우울해진다면 직장인이 되고서부터 우린 만성적으로 피곤했다. 그렇지만 칼로리 폭탄 돼지바 프라푸치노를 만들어 먹겠다며 카운터에 서서 이것저것 휘핑과 초코드리즐을 추가하는 진이의 모습을 보니 조금은 다행스러웠다. 우린 직장 이야기를 하다, 퇴사하고 싶다는 이야기를 하고, 퇴사 후에 작은 카페를 하고 싶다는 이야기를 하고, 그렇지만 개인 카페야말로 정말 쉽지 않은 일이라고 일련의 말들을 늘어놓다가, 이야기는 우리가 처음 만났을 때의 이야기와 새내기시절의 무수한 술자리들로 거슬러 올라간다.

— 그땐 그런 것에 왜 제대로 분노하지도 못했을까? 우릴 은근슬쩍 만지거나, 자기 친구들한테 나를 나쁜년으로 만들어 놓은 남자들 말야.

— 그러게. 지금 같았으면 그렇게 우리끼리 욕하고 잊어버리지는 않았겠지.

— 그러면서도 또, 누가 나 좋다고 하면 만나 보고. 잔뜩 데여서 울고. 술 마시고. 다른 남자들은 다를 거라고 멍청하게 생각해서.

— 그래. 너는 그랬잖아. 내가 만나지 말라고 해도 말 안 듣고.

나는 휘핑크림을 저으며 대꾸한다. 진이가 테이블 위에 놓앉던 핸드백을 의자 뒤편으로 걸며 말한다.

— 남자뿐이야? 안 들어도 되는 교양수업도 정말 많이 들었잖아. 무슨 전국 자전거 일주를 하겠다고 하루에 몇 시간씩 자전거 타고. 결국엔 근육통 때문에 자전거 일주는 못 가고. 그때도 네가 하루에 삼십 분만 타라고 했었는데.

— 애초에 나는 자전거 일주를 굳이 해야 하는 이유를 몰랐지.

내 대답에 진이는 그랬었지, 라고 생각에 잠기다 말한다.

— 그땐 왜 그렇게 모든 게 다 궁금했을까? 세상도, 공부도, 그리고 남자 같은 것도.

— 마지막 건 왜 들어가.

— 그냥. 그게 궁금하지 않았다고 하면 거짓말이니까. 조금이라도 내 눈에 멋있어 보이면 만나고 싶었어. 그래서 만났고. 그런데 결과는.

— 뻔했지?

내가 묻는다. 진이는 웃으며 고개를 끄덕인다. 그건 나도 피차일반이었다. 차이점이 있다면 진이가 조금 더 호기심이 많은 축에 속한다는 것이겠지. 진이에 비하면 나는 많은 만남을 가지진 않았다. 대학생 시절은 끊임없는 거절의 연속이었다. 내 스타일이 아니어서, 친구로 남겨두고 싶어서, 남자친구가 있어서 등의 갖은 이유로 연락을 피했다. 그 과정은 지난했고, 갑자기 내가 소문 속에서 나쁜 인간이 되어 있는 경우가 부지기수였다.

시간이 지나며 나는 더는 타인을 알아갈 기력도 없었으며, 굳이 남의 감정을 알고 싶지도 않았다. 어느 날 친했던 친구 J를 영영 잃으면서도 그랬다. 너무 좋은 친구인 그 애가 제발 고백하지 않았으면 좋겠다고 생각해 일부러 털털하게 지냈다. 그랬는데 오히려 그 애는 내게 고백했고, 그래서 나는 평생 함께하고 싶은 친구 하나를 잃었다. 그냥 네 고백을 없던 걸로 하고 여태껏 그랬던 것처럼 친구로 남으면 안 되냐고, 네 한순간의 착각에 나는 신경 쓰지 않는다며 구질구질하게 매달린 건 나였고, 그 말을 단칼에 거절한 건 J였다. 우습게도 J와 나는 서로를 한 번씩 거절한 셈이었다.

그렇게 세상은 점차 알 수 없는 것들과 알고 싶지 않은 것들로 무성히 뒤덮여갔다. 비가 잔뜩 내리기 전 하늘을 뒤덮는 먹구름처럼.

— 예전에는 온통 알고 싶은 것투성이었는데. 자전거로 전국 일주를 한다든가, 미술에 대해서 배운다든가 하는 것들 말이야. 그런데 요즘은 정말 그렇지가 않아. 일은 일이니까 하고, 주말엔 잠자기 바빠. 남자 만날 생각도 없어. 놀랍지 않아?

나는 대충 고개를 끄덕이며 말한다.

— 너 주말마다 하는 철학 수업 간다며. 그건 안 알고 싶은 건가?

— 뭐 그렇긴 한데. 그냥 바람 쐬려고 가는 거야.

진이는 그렇게 말하며 손등으로 얼굴을 받치고 덧붙인다.

— 언제부터 세상이 이렇게 바뀌었을까.

그러게, 대꾸하며 나도 생각에 잠긴다. 세상이 언제부터 이렇게 바뀌었나? 생각 끝에 내가 도달한 결론은, 이 빌어먹을 세상은 언제나 똑같았다는 것이었다. 세상이 바뀌었다기보단 우리가 변했다. 우리가 변한 이유는, 그저 삶을 지속했기 때문에. 삶이 지속되면 시간이 흐르고, 시간이 흐르면 무엇이든 바뀔 수밖에 없다. 쓸려나간 눈썹 단면에서 다시 눈썹이 자라고, 눈썹 칼 단면에 녹이 슬고, 해가 지면 어두운 밤이 내리는 것처럼 당연한 사실이다.

진이가 말한다.

— 수현아. 그런데 아무것도 알고 싶지 않아졌을 때 나는 편안해졌어.

진이는 그렇게 말하며 정말 진리라도 득도한 현자라도 되는 듯이 여유로운 표정으로 창밖을 바라본다.

— 그, 회의주의 이야기를 하는 거야?

— 전혀. 그냥 요즘은 그래. 세상이 어떻게 변해도 그냥 사는 거야. 때로는 이편이 좀 덜 지루하기도 해. 예전에는 뭐든

알아내야만 되었는데, 그래서 더 피곤해진 걸지도 모르지.
— 그렇구나.

그렇구나, 밖엔 다른 할 말이 없었다. 진이는 돼지바 프라푸치노를 한 모금 더 마시고 -나는 자꾸 그 괴상한 음료를 먹는다고 말해야 할지, 마신다고 말해야 할지 헷갈린다- 입 주변을 휴지로 눌러 닦으며 말한다.
— 이제 일어날까?

카페에서 나와 내가 말한다.
— 우리가 술 안 마신 건 오랜만이네.
— 그만큼 건강해졌다고 생각하자.

진이의 말에 나는 고개를 끄덕인다.
— 다음에 또 봐.

진이는 짐짓 명랑하게 그 말을 남기고 손을 흔들고 사라진다. 오랜만에 만난 진이와 헤어지고 나는 자취방으로 돌아간다. 길거리를 걷는데 차가운 겨울 공기가 패딩 속으로 밀려들어온다. 이렇게 진이를 만나고 나면 또 언제 진이를 다시 볼 수 있을지 가늠할 수는 없다. 그러나 우린 각자의 자리에서 각자의 시간과 각자의 우울을 견뎌내며 아주 잘 살고 있을 것이다. 그리고 언제든 다시 만나 별 것 아닌 일상의 이야기들을 나누겠지.

진이를 만나고 오자 어쩐지 기분이 좋다.

오늘만큼은 부작용이 없이 잘 든 약처럼.

진이와 카페에서 나눈 말 한마디로 나는 또다시 아무 표정도 없이 일렬로 늘어선 일상을 살아 낼 것이다. 집에 돌아와 침대에 눕자 텁텁한 커피 맛이 입안에 남는다. 옆으로 몸을 돌려 이불을 끌어당기며 눈을 감는다. 잠에 빠져들 때까지도 나는, 오랜만에 몽글몽글한 수플레 팬케이크에 풍덩 들어간 듯 기분이 좋았다. 어딘가에서 내 그림자가 살아 움직이고 있다는 것이, 그 그림자가 삶에 치여 이리저리 깎여나가도, 세상에 대해 알고 싶은 게 없다고 말하면서도 무기력하지는 않은 표정을 하고 있다는 것이 기뻤다.

그날 꿈엔 벽에 기대 담배를 피우는 진이가 나왔다. 세월이 흘러 이십 대 후반이 되면서, 진이가 피우는 담배도 종류가 달라졌다. 그런데도 꿈속의 진이는 그때 그 담배를 피우고 있었다. 옷은 오늘 만났을 때 입은 옷을 입고서, 골목길에 아무렇게나 서서 스무 살 때처럼 담배를 피우는 진이가 꽤 이상했다. 나는 그 옆에서 어쩐지 손에 작게 느껴지는 커피 우유를 마시고 있다. 길거리를 걷다 우리에게 말을 붙이는 남자들은 죄다 등 허리께에 태엽이 감아져 있었다. 저게 다 내가 감은 태엽 인형들이라 말하며 진이는 깔깔 웃는다. 우리

가까이 온 몇몇 태엽들은 얼굴을 알아볼 수 있을 정도로 또렷하다. 나는 그들의 얼굴을 알아볼 수 있다. 내게 상처 준 모든 인간들. 태엽들은 내게 미안하다고 말하며 무릎을 꿇고 사과한다. 이제 와서? 나는 아무 말도 하지 않고 초코우유를 마신다. 진이는 태엽들을 발로 뻥 차버린다. 태엽들은 잔뜩 나동그라져서 골목길 아래로 굴러간다. 내가 웃자 진이의 표정도 밝아진다. 태엽 무리들이 끊임없이 골목길 아래로 굴러떨어지다, 양쪽으로 포차들이 쭉 늘어선 거리 너머로 해가 떠오르면,

긴 잠에서 깨어야 할 시간이다.

1月

파파

 아버지의 체모를 한 가닥에 백 원씩 사겠다는 사람에게서 온 연락을 받았을 때, 나는 사람들로 가득 찬 퇴근길 지하철 안이었다. 며칠간 발신자 표시제한으로 문자가 오더니, 문자에 답을 하지 않자 전화가 왔다. 발신자 표시제한으로 전화가 걸려온 핸드폰을 한동안 물끄러미 바라보다 신호음이 끊어지기 직전에 전화를 받았다. 여보세요.
 상대의 목소리는 애니메이션 캐릭터 목소리처럼 변조되어 있었다. 그 목소리는 어릴 때 봤던 애니메이션에 나오는 아구몬 목소리와 흡사했다. 아구몬은 당신 아버지의 체모를 사겠다니 많이 당황스러울 테지만, 따지고 보면 세상에 뭐 하나 당황스럽지 않은 것이 뭐가 있냐고, 덜 당황스럽고 더 당황스러운 것의 차이일 뿐, 우리 사는 지구는 넓으니 당신 아버지의 털을 가지고 싶어 하는 사람도 당연히 존재하는 것이라 이야기했다. 네, 네네. 대충 내뱉으며 신종 보이스피싱인지 뭔지 고민하고 있는데 아구몬이 말을 이었다.

— 백 원이 너무 적은 것 같으시면요.

— 네.

— 한 가닥당 백만 원은 어때요?

그 금액을 듣고 나는 아무 말도 할 수 없었다. 그때 지하철은 막 동작대교를 건너고 있었고 지하철 차창 밖으로 밝은 햇살이 새어들고 있었다. 백만 원? 털 하나당 백만 원이라고? 차창 밖으로 보이는 한강을 건너다보며 나와는 요원해 보이는 그 금액을 속으로 읊조렸다. 그러자 나는 아구몬이 아버지의 털을 가지고 뭘 하려는 사람인지, 왜 아버지의 털을 사겠다고 하는지는 아무래도 상관이 없어졌다. 아구몬의 말마따나 세상엔 내 아버지의 체모를 필요로 하는 사람이 있는 법이겠지. 무슨 이유에서라도 말이다. 아버지의 털 몇 개면 적어도 몇 달은 넉넉히 살아갈 생활비가 나왔다. 한 가닥에 백만 원, 그것은 상대의 말이 거짓이라도 한 번쯤 도박을 해 볼 만한 매력적인 제안이었다. 나는 목소리를 가다듬고 이야기했다.

― 돈은 어떻게 주나요?

― 조만간 직접 만날 거예요. 약속 장소는 같이 정하죠. 만나서 털 개수를 확인하고, 바로 송금할게요. 송금 후에 털을 건네주세요.

― 그걸 어떻게 믿죠? 당신은 목소리도 이렇게 가짜 목소리를 쓰고 있는데.

― 당신 아버지가 나에 대해 아무것도 몰랐으면 해서요.

― 진짜 한 가닥에 백만 원씩 사는 거죠?

― 네. 저도 지금 당신 아버지의 털이 간절하거든요. 얼마나 간절하면 당신 연락처를 알아내서 전화까지 하겠어요.

― ……털 길이는 상관없는 거죠?

― 네.

― 솜털 같은 것도 허용되나요? 새치라든가…….

― 네. 뭐든 좋으니 적어도 열 개 이상은 가져와 주세요.

멍청한 스무고개를 하는 것처럼 아구몬과 이야기를 나누다, 전화를 끊기 전에 나는 물었다.

― 그런데 제 전화번호는 어떻게 안 거죠?

― 구글링이요.

아, 구글링. 네네, 대답하고 나는 전화를 끊었다. 2021년은 모두가 디지몬 친구들이 된 참 편리한 시대. 구글링으로 내 번호를 알아낸 아구몬은 적어도 보이스피싱범으로 보이지는 않았다. 대체 체모가 왜 필요한 거지? 어쩌면 아버지가 소싯적에 끝장나게 애절한 사랑이라도 한 것인가? 그러니까 아주 오래전, 어머니를 만나기 전에 말이다. 지하철이 또 한 번 덜컹이고, 지하철은 다시 어두운 터널 속을 뚫고 들어가 지하를 달리기 시작했다.

지금 아버지는 시골에서 손바닥만 한 밭을 가꾸고 있다. 한 손에 잡히는 고구마나 감자 같은 것 하나가 아버지가 관리하는 것의 전부다. 젊은 시절 아버지는 건설 현장을 감독하는 관리자였다. 아버지가 높은 새 아파트를 세워 올리는 동안 우리 가족은 지은 지 몇십 년 된 아파트에서 오래 살았다. 아버지가 언제까지나 그 일을 할 수 있을지 알았는데, 회사가 망하는 것은 개인의 노력과 철저히 별개였다. 아버지는 오래 걸리지 않아 일자리를 잃었고, 비슷한 계열의 소규모 업체에 들어갔다. 이전 직장에서의 경력을 인정받아 그래도 높은 직급으로 시작했다지만 대내외적인 대우는 분명 달랐을 것이었다. 아버지가 매일 밤 술을 마시기 시작한 건 그때 즈음이었다. 몇 년이 지나 어머니가 돌아가셨고, 아버지는 꾸역꾸역 버티는 것처럼 일을 하다 내가 대학에 입학하고 몇 달 뒤, 해고되었다. 사유는 지각과 심각한 알코올 의존이었다. 아버지는 점점 망가져 허구한 날 술을 마시고 대낮에도 널브러져

자고 있기 일쑤였다. 난 그런 아버지가 안쓰러운 한편 깊이 원망스러웠다. 어쩔 수 없이.

고향을 떠나 서울에 있는 대학에 간 나는 스스로 나의 생활을 책임져야 했다. 아버지가 더 이상 나에게 줄 것은 없었다. 나는 하루에도 서너 개의 아르바이트를 전전하며 생활비와 대학 학비를 벌었다. 교수님들을 찾아다니며 장학금 추천서를 부탁하고, 다음 학기의 등록금을 걱정하며, 학기가 어떻게 흐르는지도 모른 채 앞만 보고 달리며 졸업했다. 졸업식을 할 때 아버지는 오지 않았다. 내가 졸업장을 받고 학교 교문을 나서고 있을 때 아버지는 전날 밤에 마신 술이 아직도 깨지 못해 누워있었을 것이었다. 인생은 극적으로 좋아지기도 하지만 실은 극적으로 나빠지는 경우가 절대적으로 흔하다는 것을 그때 알았다.

나는 아버지에게서 완벽히 분리되어, 내 힘으로 삶을 꾸리고 졸업을 하고, 한 광고회사에 계약직으로 근무하며 생활비를 벌고 있다. 아버지에겐 간간이 생활비를 삼십만 원씩 보내드리는데 내 통장 입출금 내역에 한 달마다 꼬박꼬박 찍히는 아버지의 이름과, 그 옆에 적힌 삼십만 원이라는 검정 글씨가 대화가 사라진 나와 아버지 사이에 오가는 유일한 대화였다.

아버지의 목소리를 들어 본 지 오래되었다.

주말의 서울역은 생각보단 한산하다. 이렇게 적극적으로 고향에 가고 싶어 한 것도 상당히 오랜만이다. 나는 플랫폼에 있는 편의점에 가 커피를 사 들고 기차에 탑승한다. 창밖의 풍경이 빠르게 멀어져간다. 세상엔 아버지의 체모를 돈 주고 사는 사람도, 생활이 궁해 아버지의 체모를 기꺼이 뽑으러 가는 사람도 있다. 둘 중 누가 더 이상한 사람인지는 나는 모르겠다. 그러나 중요한 것은 아버지의 털을 뽑는 것은 아버지에게 어떤 상해도 입히지 않을뿐더러, 그저 다리털이나 흰머리 몇 가닥만 뽑아 와도 되는 간단한 일이라는 것이다. 그럼 아버지에게 매달 삼십만 원의 생활비보다 훨씬 많은 생활비를 드릴 수도 있겠지. 그런 생각을 하며 몇 년 만에 고향으로 향한다.

 현관문 앞엔 아니나 다를까 빈 소주병이 쌓여 있었다. 나는 그것을 발로 한쪽으로 슬슬 치워두고 문을 연다. 아버지, 저 왔어요. 그런데 아버지의 대답 소리는 들리지 않는다. 나는 아버지, 부르며 거실을 휘휘 둘러보다 안방으로 들어갔고, 거기서 침대 위에 철푸덕 앉아 있는, 문어를 보았다. 그건 문어긴 했으나 한눈에 봐도 분명 아버지였다.
 그러니까, 아버지는 완벽한 문어가 되어 있었다.
 ─ 준희 왔구나.

나는 뭐, 네, 대답하며 도대체가 아버지가 왜 문어가 되었는지 얼떨떨하게 서 있다. 아버지는 문어 중에서도 비싼 축에 속하지 않는 평범하디 평범한 크기의 문어였다. 아. 아버지, 제가 스무 살이 되고서부터 아버지는 아무것도 도와준 것 없잖아요. 그런데 이럴 때 이렇게 문어가 되어버리면 어떡한단 말입니까? 하지만 그런 말은 언어가 되어 나오지 않는다. 한 가닥에 백만 원을 불렀던 아구몬의 목소리가 귓속에서 지나가고, 인생에 몇 번 있을지 모르는 이 결정적인 순간에 문어가 되어버린 아버지가 너무나 야속한 한편, 아버지는 상당히 춥고…… 잔뜩 말라 보였다.

― 물이라도 좀 뿌려 드릴까요.

― 괜찮다. 아직 그 정도는 내가 할 수 있어.

그렇게 말하고 문어는 침대를 스르르 미끄러져 내려가 욕실로 가더니 문을 닫는다. 곧이어 쏴아아, 물 트는 소리가 들려온다. 아버지는 욕실화 소리도 내지 않고 욕실에 들어가 몸에 물을 뿌린다. 생각해보면 아버지가 화장실 안에서 어떤 살아 있는 인간의 소리를 내는 것을 들어 본 적이 없는 것 같다. 침대에 앉자 끈적하고 쿰쿰한 냄새가 난다. 아버지가 침대 위에 오래 앉아 있어 밴 냄새일 것이다. 핸드폰을 꺼내 든다. 한 가닥 당 백만 원, 최소 열 개는 주셔야 해요. 발신자 표시제한으로 온 아구몬의 문자를 들여다보다, 핸드폰을 다시

주머니에 넣는다.

거실로 가 싱크대를 보자 설거지가 안 된 그릇들이 널브러져 있다. 찬장을 열어보자 라면이 열을 지어 놓여 있다. 냉장고 안엔 유통기한 지난 냉동식품들과 언제부터 있었는지 모를 백설기, 계란 몇 개와 파 한 단이 있다. 냉장고 문을 닫는다. 식탁 옆엔 어릴 때 내가 그린 그림이 여전히 붙어 있고, 투명한 식탁 유리판 안쪽엔 내가 무슨 동네 그림대회에 나가서 상을 받을 때 찍은 사진이 끼워져 있다. 사진은 빛이 바래 푸르스름하게 보인다. 사진 속에서 나는 상패를 들고 환하게 웃고 있고, 옆에선 젊은 아버지와 젊은 어머니가 희게 미소 짓고 있다.

아버지와 같이 사진을 찍어 본 지 오래되었다. 적어도 오랜 옛날, 이 사진을 찍을 때까지만 해도 아버지는 문어가 아니었다. 그런데 어느 순간부터 아버지는 서서히 문어로 변하고 있었다. 나는 아버지가 문어가 되기까지 한 번도 아버지를 찾아가지 않았다. 시간이란 그런 것이다.

욕실에서 나온 아버지가 소리도 없이 스르륵 다가온다. 나는 옛날 사진을 보고 있던 것이 어쩐지 민망해 다시 안방으로 들어간다. 아버지도 안방으로 따라온다.

덕분에, 로 아버지는 말을 시작한다.

— 덕분에 잘 지내고 있다. 너 하나 건사하기도 바쁠 텐데

말이다.

　삼십만 원 이야기다. 나는 고개를 끄덕이며 아무 대답도 하지 않는다. 온몸에 물을 묻히고 나온 아버지는 아까보단 조금 생기를 되찾았으나, 여전히 쭈글쭈글한 문어였다. 아버지의 말들 하나하나에서 나는 자꾸만 부끄러워지고 있었다. 그러니까 나는, 아무리 미운 아버지라 해도 아버지가 어느 순간 문어가 되어버린 지도 모르고 몇 년이고 살아왔던 자식이었다.

　— 서울에서 별다른 건 없고?

　— 네, 네.

　나의 대답 이후로 잠시 정적이 흐른다. 우린 통장에 찍힌 숫자들로 대화한 지 오래라, 활자가 아닌 목소리를 내는 아버지가 너무나 어색하다. 아버지의 목소리를 들으며 아버지를 흘끗 바라보면, 털이라곤 하나도 없는 매끈한 피부를 가진 문어가 초라하게 앉아 있다. 내 마음은 아버지에 대한 미안함과 애정, 그리고 답답함과 실망으로 뒤섞인다.

　— 아버지.

　— 그래.

　아버지 언제부터 문어였어요? 나는 그걸 묻고 싶다. 그러나 나는 아버지가 언제부터 문어가 되었는지 묻는 것이 질책처럼 느껴질까 봐, 내가 가졌던 원망이 조금이라도 들킬까

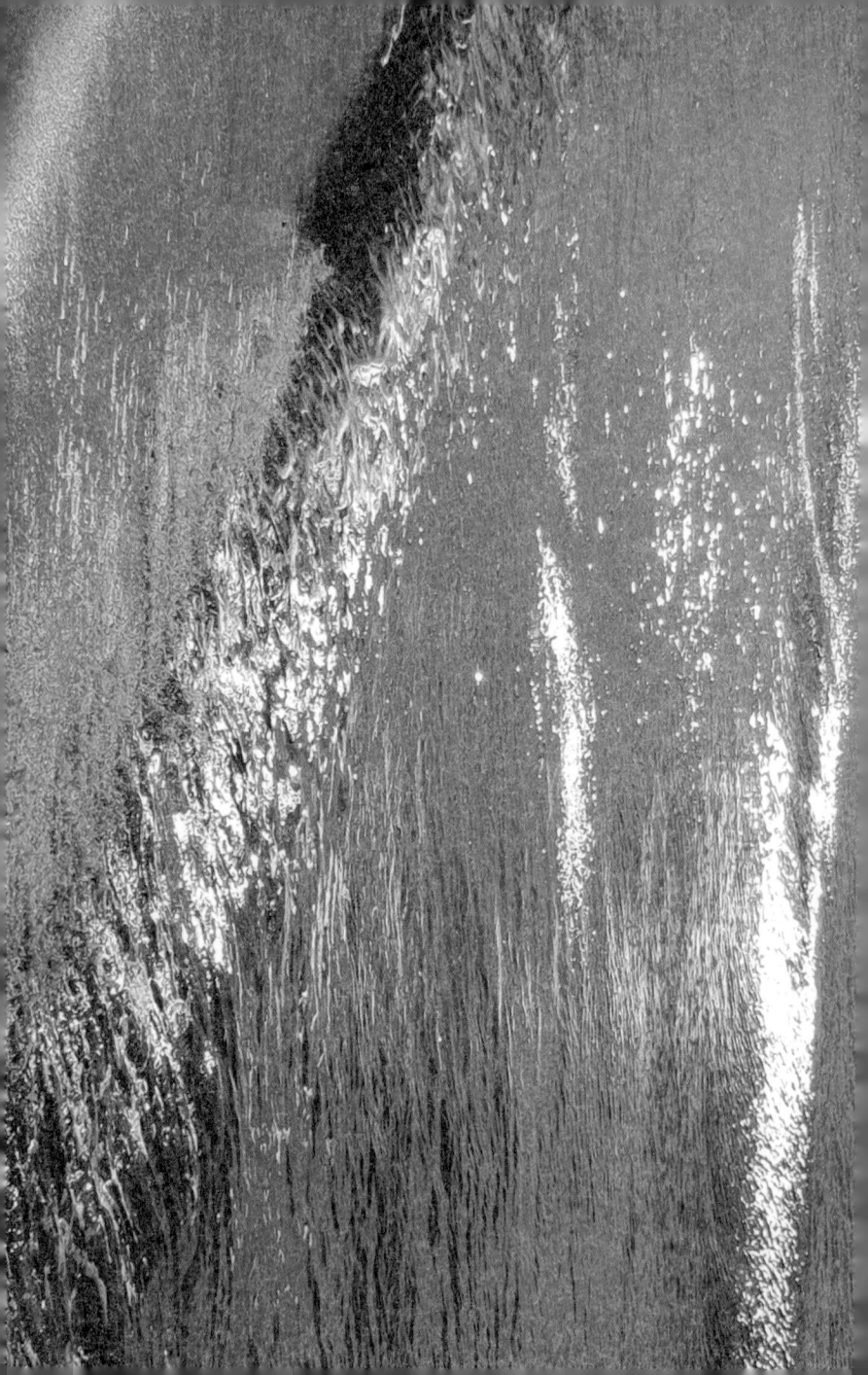

봐 아무것도 아니라고 말하며 입을 다문다. 게다가 아버지가 이미 미끈한 문어가 되었는데 그런 것 따위 무슨 상관이란 말인가. 아버지와 나는 -문어와 인간은- 한동안 침대에 나란히 앉아 있다. 그러다 아버지가 말한다.

— 바다에 가고 싶구나.

— 바다요?

— 그래. 웬만하면 여기서 아주 먼 바다로.

아주 먼 바다. 나는 머릿속으로 그 단어를 되뇐다.

— 네가 사는 곳 근처에 있는 바다도 괜찮고 말이다.

나는 문어가 된 아버지와 함께 바다로 향했다. 아버지의 털을 뽑아 일확천금의 기회를 노리던 나는 결국 아버지와 나의 기찻값 십만 원을 추가로 지출해 인천으로 떠나게 되었다. 기차 예약 앱 탑승자 설정에 문어 항목이 없어 나는 성인 두 명으로 체크 해 표를 발권한다. 내 수중에 있는 돈에서 가장 멀리 갈 수 있는 바다는 인천 앞바다였다. 기차에 아버지를 들고 탈 때 역무원이 나를 제지하지는 않을까 걱정했지만 역무원은 친절히 웃으며 호차 안내를 해 주었다. 어딘가 찔려 먼저 물어본 축은 나였다.

— 저기, 그런데 문어도 타도 되는 건가요?

— 네! 그렇습니다, 고객님.

역무원의 답변은 사뭇 발랄하기까지 했다. 요즘 문어가 되는 아버지가 많은가보다. 그런 것도 아버지를 몇 년 동안 찾아가지도 않고, 매일매일 하늘 한 번 쳐다보지 않고 바쁘게 사느라 나만 몰랐던 것 같다. 얼떨떨한 기분으로 역무원에게 고맙다고 인사를 하고, 기차 위에 올라탄다. 아버지를 좌석 위에 앉히고, 가지고 온 분무기로 물을 좀 뿌려 주자 아버지는 아주 좋아한다. 진작에 아버지에게 자주 물을 뿌려 줄 걸, 생각한다. 아버지는 차창에 빨판을 대고서 창밖으로 지나가는 가로수를 물끄러미 바라보고 있다.

인천 앞바다에 도착한다. 차가운 날씨에 칼바람까지 불어와 바다엔 사람들이 많이 없었다. 나무 데크 위엔 비둘기 몇 마리가 푸드덕거리며 날아다니고 있었고, 바다는 찾는 사람이 없어 어쩐지 쓸쓸한 풍경이었다. 데크 위에서 바다를 바라보다, 아버지는 바다 가까이서 파도를 보고 싶어 했다. 우린 데크에서 내려와 밀려오는 파도가 발치까지 올 정도로 바다 가까이 다가간다. 인천 앞바다에서 오랜만에 바다를 본 아버지는 상당히 기뻐한다. 차가운 바닷바람이 코끝을 스치며 흩날리고, 패딩 속으로 추위가 스며든다.

— 너 어릴 때, 네가 바다를 얼마나 좋아했던지. 파도에 네 신발이 다 젖어서, 그게 문제였어. 그게. 신발은 말리려면 오

래 걸리잖니.

  아버지가 들릴 듯 말 듯 이야기한다.

  — 오랜만에 바다에 오니 좋구나. 이젠 신발도 젖지 않고.

  — 네, 아버지. 저도 좋네요.

  아무리 문어가 되었다 해도 몸이 추울 것 같아 담요를 덮어드린다. 아버지는 담요가 꽤 마음에 드는 듯했다. 그렇게 나는 털 하나 없이 매끈한 아버지와 함께, 바다 너머로 해가 천천히 넘어가는 것을 오래오래 바라보았다. 아버지는 바다를 오래 좋아했다. 아마 아버지의 어깨였을 듯한 부분에서 바다 내음이 훅 끼쳐온다. 아버지가 말한다.

  — 바다에 들어가야겠다.

  — 바다에요? 들어간다고요?

  아버지는 고개를 끄덕인다.

  — 이젠 태어났던 곳으로 돌아가서 좀 쉬고 싶어.

  갑자기 바다에 들어간다고? 이 추운 날씨에? 게다가 태어난 곳이 왜 바닷속이란 말인가. 나는 아무 대꾸도 하지 못하고 아버지의 매끈한 피부를 바라보고 있다.

  — 아, 잠깐만. 이걸 주고 가야지.

  아버지가 내게 손을 -촉수를- 내민다. 나는 아버지의 손 -촉수- 에 손을 가져다 댄다. 물컹한 느낌이 손바닥에 전해져 오고, 아버지가 내 손에 건넨 것은 지퍼백에 소중히 밀봉된 아버지의 흰 머리카락들이었다.

— 미안하구나.

아버지는 그렇게 말한다. 더 많이 준비해 두지 못해서… 아버지는 말꼬리를 흐린다. 지퍼백은 오랜 기간 여닫았는지 잔뜩 구겨져 있었다. 나는 끈적한 물기가 묻어 있는 지퍼백을 손에 그러쥐고 무척 외롭고 쓸쓸해 울 것만 같은 기분이 된다.

아버지가 이걸 어떻게 알았을까? 아버지도 아구몬을 만난 걸까? 내가 아버지의 털을 뽑으러 고향에 왔다는 걸 처음부터, 어쩌면 오래전부터 알고 있었던 것인가? 그런 생각을 하며 나는 멀거니 아버지를 바라보고 있었고, 아버지는 다 안다는 듯 끈적한 다리로 내 어깨를 두어 번 두드리더니, 바닷속으로 미끄러지듯 들어간다. 그것은 너무 순식간이라 나는 아버지에게 아무 말도 하지 못했다.

빈 백사장에 아무렇게나 주저앉아 넓은 바다를 바라본다. 신발 속으로 짜고 차가운 바닷물이 밀려 들어오고 그 서늘한 감촉과 함께, 아버지를 삼킨 바다가 온통 출렁인다.

그 바다에서 나는 다시 어린 아이가 되어 있었다.

실

 오랜만의 외출이다.

 버스 차창 밖으로 흘러가는 풍경을 바라보며 나는 숄더백을 고쳐맨다. 어느새 날씨가 많이 풀려, 패딩을 입은 사람들 사이사이로 얇은 코트나, 바람막이 점퍼 같은 것을 입은 사람들이 보인다. 적당히 추우면서도, 적당히 코트를 입고 멋을 부릴 수 있는 날씨. 미지근한 날씨라고 해야 하나. 버스 안에 앉아 있으니 이마에 햇살이 내리쬔다. 지도 어플을 켜 내려야 하는 정류장을 확인한다. 아직 네 정거장 정도가 남았다.

 지하철을 타기보다 조금 더 시간이 걸리더라도 버스를 타고 약속 장소로 향하는 것을 좋아한다. 내가 보던 풍경들이 내가 떠나가지 않아도 자연스레 멀어진다는 것이 좋다. 어쩔 수 없이, 버스가 떠나니까 멀어지는 것들. 버스에 앉아 보는 풍경은 오로지 그런 것들로만 구성되어 있었다. 붙잡아 두려 하면 붙잡히지는 것 보다, 절대 붙잡을 수 없는 쪽이 나으니까. 어쩌면 좋다는 말보단 편하다는 말이 어울릴 수도 있겠다.

 버스에서 내려 이선을 만나기로 한 식당을 찾아 걸어간다. 길거리에 열려 있는 빵집에서는 달콤한 빵 냄새가 흘러나오고, 골목 사이사이 있는 플리마켓은 사람들로 붐빈다. 좁은 골목길을 걸어 올라가며 이선과 처음에 어떻게 하여 친구가 되었는지를 떠올려 본다. 어떻게 이선과 친해졌는지는 잘 모르겠다. 다만 이선과 처음 만났던 것이 대학교 삼학년 때의 어느 여름이었으니, 적어도 십 년은 넘게 우리의 이 관계가 유지되어 온 것은 사실이다.
 이선과는 해외로 봉사활동을 가는 대외활동에서 처음 만났다. 오지에 정수 필터를 설치해야 하는 사업이었다. 가만히 있어도 덥고, 목이 타도 미지근한 물밖에 마실 수 없는 탄자니아에서 이선은 나와 함께 카메라를 담당했다. 나는 영상 스탭이었고, 이선은 사진 스탭이었다. 우린 서로가 서로의 카메라에 나오지 않기 위해, 온종일 서로를 피해 다녔다. 우리가 말을 거는 방식은 주로 등 뒤로 조용히 다가가 어깨를 툭툭 치는 것이었다.

혹은, 혼자 그늘에 앉아 땀을 훔치며 카메라 배터리를 갈고 있으면 어디선가 이선이 다가와 나란히 앉곤 했다. 우린 나란히 앉아 말없이 카메라 배터리를 갈았다. 아프리카의 뜨거운 열을 받은 카메라는 유난히 빨리 배터리가 방전되곤 했다.

— 손차양이라도 해야겠어.

한참 동안 목에 카메라를 걸고 가만히 앉아 있다가 내가 말했다. 이선은 고개를 끄덕이더니, 어디선가 두툼한 종이를 구해 왔다. 이선은 그걸 삼각형 모양으로 접어 내 카메라 위에 씌웠다.

— 모자 같네.

— 손차양이라니까 생각났어. 카메라도 모자를 써야지.

카메라에 씌운 종이 모자는 다행히 생각보다 제 역할을 해내었다. 보름 정도 지속된 봉사활동에서 우린 그렇게 온종일 서로를 피해 다니다, 함께 쉬고, 찍은 사진과 영상을 돌려보다, 방전된 배터리로 인해 충전기를 찾으러 돌아다니고, 얼룩말과 닭 같은 것들을 찍으며 지냈다.

탄자니아에서의 마지막 밤엔 단원들은 모두 별을 보겠다

고 숙소 옥상에 나와 있었다. 나도 방에서 카메라를 챙겨 옥상으로 나섰다. 이선은 이미 삼각대까지 가져와 카메라를 고정해 놓고 있었다. 별들이 궤적을 그리며 움직이는 사진을 찍을 거라고, 이선이 말했다. 나도 별을 찍고 싶었으나, 이선의 카메라보다 성능이 좋지 않은 내 카메라로는 밤하늘을 담아내기가 힘들었다. 결국 카메라를 정리하고, 이선과 함께 서서 밤하늘을 올려다보았다.

때마침 별똥별이 떨어지고, 단원들의 감탄이 쏟아졌다. 별똥별을 보며 소원을 빌면 이루어진다는데, 막상 정말 별똥별이 떨어지는 것을 보니 그것이 비행기인지 무엇인지도 가늠이 되지 않아 소원 같은 것을 빌 시간조차 없었다. 별똥별이 들은 내 소원은 아마 '어어?' 였겠지. 그날 떨어지는 별똥별을 보고 나는 생각했다. 별똥별이 떨어지는 그 짧은 찰나에 무언가 소원을 빌 수 있다면, 그것은 분명 하루에도 몇 번씩이고 생각한 간절한 무언가였을 거라고. 그렇기에 평소에 가져 왔던 간절함 만큼, 별똥별에 빈 소원은 기적처럼 이루어지는 것이 아닐까 하고.

귀국한 후에 먼저 연락이 온 것은 이선이었다.

이선은 함께 팀을 만들어 영화를 찍어 보자고 했다. 그러나 나는 이선의 계획에 쉽사리 함께하겠다고 말할 수가 없었다.

'지브리 스튜디오 같은, 개성적인 색채를 추구하는 독립영화 스튜디오'라고 이선은 자신의 사업을 설명했다. 하지만 나는 이선처럼 사진이나 영화 자체를 좋아한다기보다는, 그저 취미와 잡기로 영상을 시작한 사람에 가까웠다. 능력과 야망이 있는 이선에게 오히려 내가 피해가 될까 두려웠고, 무엇보다 의욕이 넘치는 이선에 비해 잘할 자신이 없었다. 게다가 이선이 말하는 목표가 과연 오로지 가진 것이라곤 열정뿐인 – 이 열정도 이선 한정이다– 우리에게 가능하기나 한 목표인지조차 확신이 없었다. 나는 이선과 함께 카메라를 들고 있던 탄자니아에서의 시간이 좋았으며, 그 시간이 영원하길 바랐으나, 그런 바람 또한 탄자니아에서만 가능할 바람일 뿐이었다.

그렇게 나는 이선의 제안을 거절하며 이선이 있는 미래에서 뒤돌아 사라졌고, 시간이 흐르며 다른 여느 대학교 졸업반 학생들처럼 취업을 준비했다. 그 사이에 이선은 작업실을 구하고, 독립영화를 찍고 있는 다른 열정 많은 동료들을 소개받고, 스튜디오를 만들고, 스튜디오 이름으로 제작한 첫 영화를 연남동의 조그마한 소규모 극장에서 상영하고, 촬영비를 겨우 상쇄하는 수준의 수익을 얻었다.

— 십 이만 원이야. 십 이만 원.

몇 년 전, 전화를 했을 때 이선은 스튜디오 이름을 '십 이만 원'으로 바꾸는 게 오히려 좋을 수도 있다며, 그렇게 말하며 크게 웃었다.

— 먹고 살 수는 있어?

— 당연히 안 되지. 그래서 아르바이트를 병행하고 있어. 원래 이런 게 그래. 성공하기 전까지는 말야. 나는 십 년 정도 각오하고 있는 중이야.

십 년을 예상했다고 했지만, 다행히 이선의 아르바이트는 그리 오래 지속되지는 않았다. 언젠가부터 이선의 스튜디오는 한 대기업 계열사로부터 투자를 유치했고, 그 이후부터 매서운 기세로 성장하기 시작했다. 예전에는 이선의 소식을 이선을 통해서만 들을 수 있었다면, 사업이 성장하며 나는 서서히 뉴스에서도, 온라인 커뮤니티에서도 이선의 이야기를 접할 수 있었다. 주말에 모처럼 늦잠을 자고, 비빔밥을 만들어 우걱우걱 씹어먹으며 유튜브를 보다 보면 가끔 이선의 인터뷰나 스튜디오와 관련된 뉴스 같은 것이 뜰 때가 있었다. 어쩐지 친구의 인터뷰를 보는 것이 어색해 한동안 외면하다, 어느 날은 이선의 인터뷰를 클릭해 보았다.

어떤 계기로 스튜디오를 만들게 되었나요? 스튜디오가 표방하는 가치는 무엇인가요? 그런 MC의 질문에 하나하나 답하는 이선의 눈빛은 오래전 탄자니아에서 밤하늘에 떠 가는 별을 찍겠다며 삼각대를 설치하고 있던 그 눈빛과 닮아 있었다. 종이를 구해 와 차양을 만들어 주고, 영화 스튜디오를 만들지 않겠냐며 내게 밑도 끝도 없이 지브리를 말하던 그 모습이 스쳐 지나갈 때 즈음, 나는 영상을 껐다. 침대에 누워 카톡을 확인했다. 주말인데도 상사에게 업무 카톡이 와 있었다. 내가 선택한 길과, 내가 선택하지 않은 길. 나는 그런 것들을 번갈아 생각하다, 노트북을 열고 상사에게 파일을 보내고, 카톡을 하고, 형식적인 감사 답장을 받고, 침대에 누워 눈을 붙였다.

  주문한 파스타들과 이베리코 스테이크가 나온다. 이선은 스튜디오가 잘되고 있는 것 같다는 내 말에 고개를 젓는다.
  — 빛 좋은 개살구야.
  — 그래?
  — 어떤 느낌이냐면. 나는 지브리를 만들고 싶었는데, 갑자기 적당한 퀄리티의 영상을 내 의지와는 다르게 뽑아내야 하는 생산 공장 노동자가 된 느낌이라 해야 하나. 찰리 채플린이지. 중요한 건, 웃기지도 않아.
  — 하고 싶은 걸 못 하는 것 같다는 거지?
  — 응. 돈이 안 되니까.
  이선은 그렇게 말하며 파스타를 돌돌 말아 올린다.
  — 돈 주는 사람이 따로 있고, 돈 되는 영상이 따로 있어.

돈 되는 영상은 내가 찍고 싶은 것과 또 달라. 그렇게 따지고 보면 오히려 소극장에서 영화 상영할 때가 더 행복했던 건 아닌가 싶고.

나는 고개를 끄덕인다. 오랜만에 이선과 만나 밥을 먹고 있지만, 많은 시간이 지났어도 이선과 함께 있으면 나는 자꾸만 그 여름의 이미지가 떠오른다. 오래전 탄자니아에서 있었던 숱한 여름밤들과, 자꾸만 방전되는 배터리와, 얼룩말, 미지근한 물, 별똥별, 더운 그늘에 나란히 앉아 나눴던 별 것 아닌 이야기들, 영상, 사진들.

이선이 묻는다.

— 너는 어때.

— 뭐가?

— 회사 말이야. 이직 준비한다며.

이직, 그렇지. 나는 고개를 끄덕이며 물을 마신다. 준비는 하고 있지만, 이직이 마음만큼 쉽지는 않다. 직장을 옮기고자 하는 모든 사람들이 다 마음먹은 대로 마음에 드는 직장을 찾아갈 수는 없을 테니까.

— 아직은 계속 다니고 있어. 이직 준비는 하고 있는데, 요즘은 또 다른 회사 간다고 인생이 드라마틱하게 달라질까 싶긴 해.

— 우리 스튜디오 올 생각은?

― 없어. 내가 영상 관련된 커리어가 뭐가 있냐. 그리고 방금까지 스튜디오 성과 안 좋다고 욕해 놓고?

― 인생이 드라마틱하게 달라지긴 할걸.

― 드라마틱하게 망해보겠네.

이선이 웃는다. 나도 웃는다. 망해가는 배에도 함께 탈 수 있는 게 친구 아니겠냐며 이선이 말한다. 그렇지. 친구라면 마땅히 그럴 수 있지. 농담 반 진담 반으로 나도 대꾸한다. 그러나 나는 생각한다. 이왕이면 그저 친구의 항해를 지켜보는 것이 나을 수도 있다고. 작고 아담한 이선의 스튜디오 안에서 일어나는 내부적인 문제들, 팀원 간의 갈등, 외부 업체와의 커뮤니케이션 미스로 인한 엄청난 손실들과 묘한 알력다툼. 그런 이야기를 이선이 거리낌 없이 할 수 있는 대상이 나인 이유는 내가 이선의 세계에서 철저히 바깥에 있기 때문일 것이었다. 나 또한, 내가 끼어들지 않고, 간섭할 수 없고, 나와는 무관하게 흘러가는 것들이 오히려 편했다.

경영난을 구구절절 말해 놓고 이선은 또 밥을 산다. 가게에서 나와 버스 정류장으로 향하려는 내게 이선은 집까지 차를 태워 주겠다고 했다. 이선과 만날 때면 항상 그래 왔지만. 이제 버스를 타고 가겠다는 나와, 그러지 말고 자기 차를 타고 가라는 이선의 말은 우리의 약속이 끝나고 각자의 집으로 향할 때 마땅히 거쳐야 하는 웃긴 롤플레잉 같은 느낌이다.

헐렁한 봉사활동 스텝 옷을 입고 매일같이 땀에 전 모습이던 이선이, 어느 작은 회사의 대표가 된 것은 아무리 생각해도 신기한 일이다. 능숙하게 운전을 하는 모습이라든가, 가끔 저렇게 생겼던 얼굴이었나 싶게 짓는, 그전에는 보지 못했던 표정들도. 시간이 지나며 슬슬 보이는, 열정 뒤에 가려진 걱정과 우울, 부담 같은 것들도.

조수석에 타 안전띠를 맨다. 차가 미끄러져 달리기 시작한다. 차창 밖으로 풍경들이 지나간다. 올림픽대로를 따라 달리다 보니 예쁜 다리가 나타난다. 내가 골똘히 바깥을 바라보고 있자 이선이 차 속도를 살짝 줄인다. 천천히 다리가 지나가고, 영롱한 빛깔로 물이 반짝이며 일렁인다. 반짝이는 밤 풍경이 서서히 멀어진다.

그러니까, 나는

이선을 좋아한 적이 있다. 이선은 모를 테지만.

그리고 나는 이선이 나를 좋아한 적이 있다는 것도 안다. 이것도 물론, 이선은 모를 테지만. 이선과 함께 아는 단원 친구가 오랜 시간이 지나 내게 그 사실을 말 해 주었다. 그러나 나는 이선에 대한 마음을 한 번도 남에게 말 한 적이 없으니, 내가 말하지 않는다면 이선도 끝까지 모를 테지.

나는 운전을 하는 이선의 옆모습을 바라본다. 탄자니아에서 가장 많이 본 이선도 그런 얼굴이었다. 우린 언제나 마주

보고 있기보단 나란히 앉아 있었고, 우리의 손엔 언제나 카메라가 들려 있었다. 탄자니아에서 보름 동안 거의 천 개가량의 영상을 찍으며, 단원도, 닭도, 개미도, 구름도, 얼룩말도 찍었지만 카메라를 든 사람이 나였기에 정작 나 자신이 담긴 영상은 하나도 없었다. 탄자니아에서 내가 나온 유일한 기록은 이선이 찍은 내 사진 한 장뿐이었다. 그 사진 속에서 나는 땀에 전 얼굴로 환하게 웃고 있다. 촬영 중엔 서로의 카메라에 나오면 안 되니 술래잡기를 하는 것처럼 이선을 피해 다녔고, 피해 다니면서 마주치고 싶어 했고, 그러면서도 막상 어느 그늘에서 나란히 앉아 이야기를 할 때면 하나도 중요하지 않은 배터리 이야기나 했다.

그때 나는 온통 열정이 넘치는 이선이 좋았다. 이선과 함께 사진과 영상에 대한 이야기를 하는 것이 좋았다. 이선의 살짝 그을린 듯한 피부도, 자신감 넘치는 말투도 좋았다. 그러나 그뿐이었다. 내가 좋아했던 과거의 이선과, 이선을 좋아하지만 쉽게 결정할 수 없었던 것들. 나는 그 모든 것을 지구 건너편 탄자니아에 놓고 온 것만 같은 기분이다. 시간은 내 마음과 관계없이 매일 일정한 속도로 흘러갔고, 그렇게 흘러가다 보니 어느새 이선에 대한 마음은 까마득한 과거로 멀어져 있었다. 감정은 풍화되어 사라지고, 나는 끝끝내 내 감정을 모른 척 했기에 지금 이선과 나란히 앉아 있을 수 있게 되었다. 우습게도.

조금 전 밥을 먹으며, 나는 이선의 사업에 뛰어들 생각이 없다고 말했다. 그것은 거짓말이다. 이선은 내게 별똥별을 보며 소원을 빈 적이 없다고 했으나, 나는 그날 이선이 나와 만나고 싶다는 소원을 빈 것을 안다. 그렇다면 우린 서로에게 한 번씩 거짓말을 한 셈이다. 오래전도, 지금도, 나는 이선에게 어느 정도 거짓말쟁이가 될 수밖에 없다.

차에서 내린 내가 차 문을 닫기 전에, 이선은 나중에 한 번 스튜디오로 놀러 오라고 했다.

나는 알겠다고 했다.

이선의 차가 떠나고, 나는 오피스텔 현관에 들어와 엘리베이터 버튼을 누른다. 모든 것은 비밀. 끝의 끝까지, 언젠가 다시는 만날 수 없게 될 때까지도 깊숙이 가둬두는 것. 이선과 나의 오래된 끈을 손에 쥐고 돌돌 말며 걷다 보면 보이는 것은, 차가운 미궁 속에 비스듬히 기대 나를 기다리고 있는 잔뜩 여위고 낡은 내 오래된 마음일 테다. 그렇게 기꺼이 가둬두고, 언제나 기꺼이 돌아 나오곤 하는 것이다.

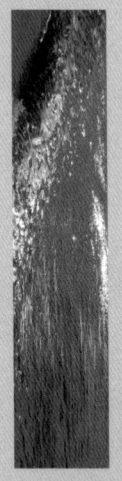

2月

고백의 형상

밝은 햇살이 두려워 밖으로 나가지 못한 때가 있다. 밝은 햇살이 왜 두려웠는지 묻는다면 딱히 정확한 이유는 말할 수 없다. 그저 내 나약한 육체가 밝은 햇살 앞에서는 속절없이 드러나 버리기에, 떨리는 눈꺼풀과 빈약하고 굽은 어깨를 감추기 위함이었다고 말할 수밖에 없을 것이다.

다행히 지금은 낮의 거리가 견딜 만하다. 뱀파이어라도 된 듯이 지속된 야행 생활은 우연한 계기로 끝나게 되었다. 어느 날 택배를 부치기 위해 햇살이 가득한 거리로 나갔을 때 나는 처음엔 온몸이 불타는 듯 쓰라리게 아려 왔으며, 하나 둘씩 짝을 지어 어딘가로 바쁜 걸음을 옮기는 사람들의 목소리와 나른한 새소리를 들었을 때는 온몸이 형체도 없이 녹아내려 하수구 속으로 들어가 버릴 것만 같았다. 나의 거리 출현에 사람들은 놀랍게도 -어쩌면 당연히- 아무런 관심이 없었고, 내가 길거리를 바라보며 현관에 가만히 서 있는 동안에도 수많은 사람들이 무표정한 얼굴로 내 앞을 스쳐 지나갔다.

머리 위로 쏟아지는 햇빛을 받으며 우체국으로 가 택배를 부쳤다. 검은 유성펜으로 이름과 주소를 힘주어 적었다. 간신히 받는 이 주소를 끝까지 쓰고, 택배를 직원에게 건넸다. 타닥타닥, 타자 소리를 들으며 나는 멍하게 서 있었다. 네, 택배는 오른쪽에 놔두고 가시면 됩니다. 네, 감사합니다. 안녕히 가세요, 감사합니다. 무엇이 감사한지 모르겠지만 감사하단 말을 한 번씩 나누고 나는 우체국을 나섰다.

우체국 근처 허름한 식당에 가 제육볶음을 주문했다. 식당에 가는 것도 너무나 오랜만이었다. 주문을 받는 종업원에게 제육볶음이요, 말하고 젓가락과 숟가락을 꺼냈다. 오후 세 시를 넘긴 애매한 시간 때문인지 작은 식당 안엔 나밖에 없었다. 야행 생활을 끝내고 드디어 다시 낮의 세상으로 나온 뱀파이어가 오랜만의 식사를 하는 식당이라면 느낌이 좀 달라지겠지만. 다른 사람들 눈에 나는 모자를 눌러쓰고 늦은 점심을 먹으러 온 게으른 사람으로 보일 뿐일 것이었다. 식당엔 오래되어 보이는 TV가 걸려 있었고, 그 옆엔 먼지 앉은 선풍기가 고개를 푹 숙인 채 멈춰 있었다. 여름이 되면 선풍기 날개를 빼서 청소해야 할 텐데, 생각하며 나는 선풍기 날개 끝을 아슬아슬하게 붙잡고 늘어져 있는 먼지 덩어리를 바라보았다. 워낙 집에 오래 있다 보니 그런 일상의 풍경들이 어쩐지 심각한 비일상처럼 다가왔다. 선풍기에 낀 먼지나, 낡은 메뉴판이나, 높이 걸려 있는 TV 같은 것들 모두가.

제육볶음이 나왔을 때, TV에선 폼페이 유적에 쌓인 화산재의 빈 공간을 본을 떠보았더니, 놀랍게도 사람 형태였다는 뉴스가 나오고 있었다. 나는 뜨거운 김이 나는 고기를 집어 들고 씹어먹으며 뉴스를 들었다. 뉴스의 내용은 헤드라인 그대로였다. 미라 형태로 발굴되는 것이 아닌, 뼈조차 흔적도 없이 사라져 두꺼운 화산재 속에 빈 공간으로 남은 옛 사람들에 대한 이야기. 조미료 맛이 나는 국물을 떠먹으며 그 공간을 인간의 형상을 한 디지털 이미지로 복원시키는 영상을 보았다. 두 사람은 최후의 순간에 서로를 끌어안고 죽어 있었다는 멘트가 흘러나왔다. 마지막 순간에 서로 포옹한 두 사람의 모습이 사뭇 감동적인 풍경이라는 논평이 이어졌으나, 내가 그 뉴스에서 받은 전율은 다른 곳에 있었다.

지층을 관통하는 고고학자의 탐구는 한때 육체였으나 몇천 년의 시간을 거치며 텅 빈 공간이 된 오랜 침묵에 다시 생명을 주었다. 육체는 공간이 되고, 공간은 다시 육체가 된다. 몇천 년의 시간이 지난 뒤에 공간은 다시 육체가 되어 서로를 끌어안는다. 땅에 찍힌 발자국 하나만으로도 각양각색의 거대한 공룡을 탄생시키고, 화산재 속에 남은 빈 공간으로도 인간의 뼈와 살을 쌓아 올리는 고고학. 나는 불과 삼 분도 안 되는 짧은 시간 동안, '세계의 놀라운 사건' 정도로 소개된 그 짤막한 뉴스에서 낮의 거리를 견딜 수 있는 힘을 얻게 된 것이었다. 제육볶음을 남김없이 먹고 자리에서 일어났다. 식당 문을 열고 밖으로 나갔을 때, 나는 더 이상 햇빛이 두렵지 않게 되었음을 깨달았다.

집에 돌아오자 설거지가 안 된 식기들과 내다 버리지 않은 배달 용기들이 잔뜩 웅크리고 쌓여 있었다. 언제 올지 모르는 삶의 끝에 이런 비참한 것들을 남겨선 안 된다. 오랜만에 창문을 활짝 열고 청소를 하고, 의자에 앉았다. 창밖으로 보이는 풍경은 평화롭고, 정돈된 방에서 나는 빈 공간이 되어 풍경 속에 스며들었다.

그렇게 아무 예고도, 기대도 없이 한 달 남짓한 야행 생활이 끝났다.

*

실은 밝은 햇살이 두려웠던 이유는 명확했다.

가장 부끄러운 것은 나의 무력함이었다. 쓸데없이 크기만 한 마음으로는 아무것도 할 수가 없었다. 나의 가장 친한 친구 S가 힘들어할 때 말이다. S를 위하고 싶은 마음을 어떻게 구체적인 행동으로 옮겨야 하는지 알 수 없었다.

자취를 하고 있던 S를 제외한 S의 가족 전부가 교통사고로 목숨을 잃었다. S의 가족은 마트에 갔다가 돌아오는 길이었다. S는 그때 전날 밤 먹은 술에 숙취가 올라와 누워 자고 있었다고 했다. 장례식장에 가 S의 가족을 영정사진으로 처음 뵈었다. 미소를 머금은, S를 닮은 얼굴들을 스치고 조의금을 넣고, 나는 무너지듯 내려앉아 절을 했다. S는 울어 온통 부은 얼굴로 두 손을 꼭 쥔 채 서 있었다. 상주, S앞에 붙는 말이 나는 꿈에서 들려오는 단어인 듯 몽롱했다.

나는 최선을 다해 S를 챙겼으나, 그 이후에 일어나는 모든 감정은 오로지 S가 홀로 헤쳐나가야 하는 것이었다. 내가 아무리 맛있는 것들을 택배로 부쳐도 S는 아무래도 먹는 둥 마는 둥 하는 것 같았다. S의 슬픔이 너무 커 어떻게 위로를 전하러 다가가야 할지 알 수가 없었다.

그럴 땐 그냥 회복될 때까지 가만히 있는 게 오히려 돕는 것이다, 아니 매일매일 전화해서 잘 지내고 있는지 살펴봐야 한다, 서로 상반된 주변의 조언들 속에서 결정은 오로지 나의 몫이었으며, 우왕좌왕하던 내가 S에게 확신을 가지고 해 줄 수 있는 것은 없었다.

장례식이 끝나고 S는 자취방을 정리하고 친척 집으로 가 함께 살게 되었다. 자취방의 짐을 정리할 때 S는 나를 불렀다. 나는 있던 일정을 모두 미뤘다. 기차를 타고 S가 사는 지역으로 달려갔다. S는 방에 들어선 내게 잔뜩 부은 얼굴을 하고서 냉장고를 가리켰다. 안에 있는 것들을 다 음식물 쓰레기봉투에 버려 달라고 했다. 그리고는 방 한구석으로 가 옷장을 열고 옷들을 꺼내기 시작했다. 나는 온갖 종류의 반찬통에 담긴 반찬들을 음식물 쓰레기봉투 안에 쏟아 버렸다. 매콤한 냄새, 짠 냄새가 훅 올라오는 반찬통들을 하나하나 비워내며 나는 그것이 S의 어머니가 만들어 보냈던 반찬들임을 직감했다. 기계적으로 반찬들을 쓸어 담고, 묶은 음식물 쓰레기 봉투를 들고 내려가려 하다 S를 보았다. S는 낡은 니트를 개다 말고 이쪽을 보며 울고 있었다.

S가 뭐라도 먹었으면 좋겠다는 생각에 근처 식당으로 S를 데려갔다. S는 먹는 둥 마는 둥 했지만 그래도 나는 조금은 마음이 편했다. 밥을 먹고 돌아와 포장된 짐들로 가득 찬 방에 앉아 이야기를 하다 보니 S의 친척이 트럭을 몰고 도착했다. 트럭에 가득 쌓인 오렌지 상자 한 편으로 S의 짐을 실었다. S의 친척은 내게 번번이 고맙다고 했다. S는 트럭에 탔고,

나는 멀어지는 트럭을 바라보며 S가 다행히 이젠 혼자 사는 것도 아니고 친척과 함께 살게 되었으니, 그래도 의지할 사람이 있어 다행이란 생각을 했다.

그 후에도 나는 한동안 S에게 매일 안부 전화를 하고 친척 집 주소로 먹을 것을 보냈다. 그러던 어느 날, 이젠 조금씩 괜찮아지고 있으며 당분간 연락을 못 받을 것 같다는 S의 말을 들었다. 나는 드디어 S가 괜찮다는 표현을 했다는 것에 조금 안도했던 것도 같다. 조금씩 괜찮아지는 것과 당분간 연락을 못 받을 것 같다는 말 사이에 도대체 어떤 관계가 있는지도 생각해보지 않은 채 말이다. 어쩌면 나는 S를 괜찮을 것이란 합리화 아래 방치한 것일지도 모른다. 나는 S의 말을 끝까지 의심했어야 했을까. 끝까지, 끝의 끝까지, S가 다시 밝게 웃을 때까지도 의심을 거두지 않았어야 했을지도 모른다. 그 말을 한 후 시간이 흐르며 S는 정말이지 괜찮아진 것 같았고, 종종 내가 S가 있는 곳에 가면 함께 만나 카페에 가 맛있는 디저트도 먹고 사진도 찍었다. 그렇기에 나는 S가 진실로 괜찮아진 것이라 믿어 버렸다.

그러나 그것은 나만의 눈먼 거짓이었다. 혹시 S와 함께 있냐는 S 친척의 전화를 받고 나는 심장이 쿵 내려앉는 기분이었다. 어제 아침에 집을 나간 S가 하루가 지난 지금까지도 집에 들어오지 않는다는 것이었다. 실종신고를 해야겠다는 친척의 전화를 끊고, 강박증처럼 하루에도 몇십 번씩 S에게 문자를 남기고 전화를 했으나 S의 휴대전화는 항상 꺼져 있었다. 혼자 여행을 갔겠지, S는 원래도 혼자 여행 다니는 것을 좋아하니까. 그냥 전화나 문자에 염증이 나서 휴대폰을 꺼뒀을 뿐일 거야. 잠깐 사라졌다가 다시 돌아올 거야. 나는 오지 않는 잠을 청하며 그렇게 생각했다.

하지만 그런 내 바람과는 달리 S는 수색 끝에 한 깊은 산속에서 숨을 거둔 채로 발견되었다. 평소에 등산은커녕 산책도 잘 다니지 않는 S가 어째서 그렇게 깊은 산속까지 들어갔는지 나는 알 수가 없었다. 실족사로 추정하던 중, 유서가 발견되어 자살로 종결됐다. 나는 유난한 강추위가 몰려왔던 그 겨울의 날씨를 생각했다. 아무리 패딩을 입었다고 한들 산속은 너무나 추웠을 것이었다. 그런 추운 날씨에 눈을 감아야만 했던 S가 떠오르면 나는 괴로워 아무것도 할 수가 없었다. S가 괴로워할 때 아무것도 해 줄 수가 없었다는 것과, 어쩌면 나는 S에게 최소한의 도리만을 하고 안주했던 것이 아닌가 하는 생각들이 나를 아프게 휘갈기고 지나갔다. 그것이 더욱 아팠던 이유는 S가 어느 정도 괜찮아졌다고 말할 때 내심 안도하던 내 모습 때문이었다. 어쩌면 그런 가정들이 조금은 진실이니까. 조금이라도 내가 안도하고 안주했으니까. 나의 친구 S가, 인생에서 겪을 많은 일들 중 가장 힘든 일을 너무나 어릴 때 당해버렸는데도, 나는 내 인생에서 가장 치열하게 S를 위로하지 못했다. 그렇기에 나는 이젠 전화조차 할 수 없는 S 앞에서 무력하고 부끄러운 인간일 뿐이었다.

S가 떠나고 난 후 남은 괴로움은 나의 몫이었다. S가 가족을 떠나보내고 겪어야 했던 시간처럼 말이다. 어쩐지 햇살을 볼 수가 없었다. 햇살 아래 드러나는 내 육체가 부끄러웠던 이유는 내가 육체를 가지고 살아 있는 것 자체가 말도 안 되는 역설처럼 느껴졌기 때문이었다. 밝은 햇살 아래 즐비한 온갖 생명력의 활기를 견딜 수 없었다.

그렇게 이미 죽은 사람처럼 방에 처박혀 지내다. S 친척의 전화를 받고 나는 밖으로 나섰다. S의 물건들을 태우려 하니 혹시 보내줄 물건이 있다면 언제든 택배를 보내 달라는 말이었다. 나는 친구를 잃은 나를 차분히 위로하는, 조카를 잃은 친척의 눈물 젖은 목소리를 들으며 목이 메었다. 전화를 끊기 전에 S의 친척은 내게 꼭 힘을 내서 살아야 한다고 말했다. 그래야 S가 훨훨 날아갈 수 있을 거라고 말이다.

네, 네네. 간신히 한 음절만을 입 밖으로 내뱉으며 전화를 끊고 한참을 울다, S가 선물한 물건 몇 가지를 가방에 챙겨 넣고 밖으로 나섰다. 우체국에서 적당한 크기의 상자 안에 물건들을 집어넣고 택배를 부쳤다. 네, 감사합니다. 안녕히 가세요, 감사합니다. 그 말들을 주고받고, 손에 든 택배를 이미 한가득 쌓여 있는 다른 택배들 위에 아무렇게나 올려두고, 우체국에서 도망치듯 나왔음을 고백한다. 부끄럽고 나약한 인간인 내게 감사하다고 말하는, 우체국 직원의 그 기계적인 몇 마디 말에 목이 메어 버려 도망치듯 우체국에서 나와 맞는 초봄 햇살은 무섭도록 따뜻했다.

*

카페에 가 커피를 테이크아웃한다. 카페에도 너무나 오랜만에 가다 보니 커피를 사 오는 것이 어쩐지 큰 미션을 수행한 느낌이다. 어느새 어둠이 내린 길거리를 걸어 집으로 향한다. 술에 취해 시끌벅적하게 웃으며 지나가는 사람들 무리와, 누군가와 웃으며 통화하는 사람, 벽 근처에 엉거주춤하게 기대 담배를 피우는 사람과, 끊임없이 밀려드는 배달 오토바이의 행렬들. 길거리는 온통 시끄러운 소음으로 가득하다.

깔끔히 정리된 방에 들어와 머나먼 폼페이를 생각한다. 어느 순간 모든 것을 쓸고 가 버린 폭발과, 한순간에 모든 것을 뒤덮은 화산재를 떠올린다. 기도가 막히는 감각, 몸을 짓누르는 화산재. 압사의 고통과 영원히 정지하는 시간. 화산이 폭발하기 직전까지도 폼페이의 사람들은 무언가에 웃거나 울고, 고뇌하고 괴로워하고 있었겠지. 그러나 그런 감정들은 화산재에 묻히는 순간 깔끔히 사라지고 오로지 남는 것은 뼛조각, 혹은, 몸의 부피만큼의 공간뿐이다. 서로 껴안은 형상의 공간, 괴로움에 몸을 뒤튼 형상의 공간, 두 손에 얼굴을 묻은 형상의 공간, 기도하는 모습처럼 보이는 공간. 인간이 최후의 순간에 만들어 낸 공간은 몇천 년이 지나 햇살을 본다. 삶의 끝에서 지은 몸짓은 몇천 년 만에라도, 읽힐 수 있다.

고고학이 아름다운 이유는 그것이 죽은 과거를 살아 있는 현재로 불러오는 놀라운 풍경을 보여주기 때문이다. 산산이 부서진 연약한 뼈도 고고학 앞에서는 몇십 미터나 되는 몸통을 가지고 큰 울음소리를 내뿜는, 살아 숨 쉬는 거대한 생물이 될 테니까. 그것이 공룡이든 매머드든 말이다. 그런 큰 생명체들과 내가 차이가 있다면 나는 가진 것 하나 없는 물렁하고 나약한 인간이라는 점이었다. 나의 뼈는 얇아 어쩌면 가루라도 남지 못하고 부서져 버릴 수도 있을 것이다.

나약한 내게도 그 아름다운 고고학이라는 것이 가능할까? 가능해야만 했다. 하루에도 몇 번씩 죽음을 가리키던 내 마음이 비로소 내일 떠오르는 해를 향할 수 있었던 이유는 그것이 가능하다는 가정 때문이었다. 나는 죽지 않고 살아 끝끝내 괴로워할 것이다. 내가 쌓아 올린 굳은 삶의 끝에서 내 오래된 두꺼운 지층을 열고, 그 속에 있는 여린 공간을 누군가가 살펴봐 줄 수 있다면 나는 기꺼이 삶의 지층을 쌓아 올릴 테니까. 누군가 내 오랜 지층에 끌을 가져다 댈 때 나는 감격에 겨워 부르르 진동할지도 모른다.

 그렇기에 소망한다. 몇천 년의 시간이 지나 누군가가 나를 보아 주면 좋겠다고. 평생을 괴로워하다 간신히 남은 내 뼛조각을, 혹은 내 공간을 보고 욕을 해도 좋고 비난해도 좋고 아무 말도 하지 않고 가만히 들여다보아도 좋으니. 그저 오랜 시간이 지나 작은 공간으로 남을 내 부피를 보고, 내 삶이 지고 갔던 몸집 큰 괴로움을 상상해 주었으면 하는 것이다.

탈지구 엘리베이터

 땅에 발을 딛고 사는 인간으로 존재했던 내 마지막 기억은 인파들로 가득한 테헤란로 거리를 뛰어가던 장면이다. 기억은 시간이 흐를수록 퇴색되어 그 장면은 마치 스톱모션 애니메이션처럼 뚝뚝 정지된 이미지로 다가온다. 나는 땅을 박차고 달렸고, 양말에선 땀이 배어 나왔고 숨은 가빠 오고 있었다.

 면접을 보러 가던 회사는, 그동안 숱한 서류 탈락들을 거치다 겨우 최종 면접까지 간 유일한 회사였다. 실은 최종 면접이라 하여 1차 면접이 있었던 것은 아니지만, 그 면접에서 합격하기만 하면 일을 할 수 있는 것이니, 최종 면접이라 부르기로 했었다. 드디어 서류를 뚫고 면접을 보러 간 것은 기뻤으나, 도대체 나 같은 인간의 무엇이 마음에 들어 면접까지 부른 것인지 도저히 모르겠다는 것이 유일한 단점이었다. 그러나 확실한 것은, 지각을 한다면 면접에서 무슨 말을 하든 점수를 깎고 들어갈 것이란 사실이었다.

오랜 취업준비 생활 끝에 드디어 얻은 면접 기회를 이대로 허무하게 놓칠 수는 없었다. 면접 전날까지만 해도, 내일 지구가 멸망했으면 좋겠다라든가, 그냥 지구를 떠나고 싶다, 같은 소망을 갖지 않은 것은 아니지만, 적어도 최종 면접을 보는 날에 지구를 떠날 생각은 없었다. 테헤란로 거리를 걸어가는 수많은 사람들을 제치며 회사 문 앞에 다다랐을 때 나는 개처럼 숨을 헥헥 몰아쉬고 있었다. 무거운 대형 맷돌을 돌리는 것처럼 회전 유리문을 밀고 회사 안으로 들어갔다. 겨울인데도 땀을 뻘뻘 흘리는 나를 보고, 늘어지게 하품을 하고 있던 관리인이 모자를 눌러썼다. 큼! 헛기침인지 콧물을 먹는 소리인지 모를 소리를 내는 관리인 앞을 지나가며 나는 인상을 살짝 찌푸렸다.

엘리베이터 앞엔 사람이 한 명도 없었다. 점심시간도 출근시간도 아닌 애매한 오후 시간대니 엘리베이터 앞에 사람이 없는 것은 어쩌면 당연한 것일지도 몰랐다. 지금쯤 모두 자기 자리에서 열심히 일을 하고 있겠지. 엘리베이터는 내가 가야 할 층인 19층에 멈춰 있었다. 나는 탑승 버튼을 누르고, 시계를 확인했다. 다행히 길거리에서 애써 달린 덕에 늦지 않았다. 이젠 엘리베이터에서 나와 바닥을 기어간다고 해도 면접장에 제시간에 도착할 수 있을 것이었다.

  나는 어딘가 나와의 싸움에서 싸워 이긴 기분에 안도감이 겹쳐져 콧노래라도 부를 듯 기뻐졌으나, 한 무리의 직장인 무리가 갑자기 우르르 로비로 들어왔으므로 최대한 포커페이스를 유지했다. 지금 스쳐 지나가는 무리가 나중의 내 사수라든가, 동료가 될 수도 있는 것이다. 직장인 무리는 내 반대편에 있는 엘리베이터를 누르더니 지하로 사라졌다. B1, B2, 끊임없이 내려가는 숫자를 보다 보니 내가 타야 할 엘리베이터 문이 경쾌한 띵, 소리를 내며 열렸다. 그리고 위압감을 뿜내는 엘리베이터 문이 열리는 순간 나는 그대로 얼어붙을 수밖에 없었다.

  왜인지 엘리베이터는 천장을 제외한 다섯 면이 투명했다. 바닥까지 말이다. 무슨 관광지에서나 볼 만한 투명 바닥이, 평범한 회사 엘리베이터에 도대체 왜 필요하단 말인가. 그러나 견뎌야 했다. 계단으로 올라가기엔 시간이 없었다. 엘리베이터에 탑승한 나는 덜덜 떨리는 손으로 19층을 눌렀다. 그래, 그래도 길어봤자 일 분 정도만 버티면 된다. 그렇게 생각하며 바지춤에 손에서 배어 나온 땀을 닦았다.

덜컹, 엘리베이터가 움직이기 시작하고 나는 엘리베이터에 실려 -혹은 갇혀- 하늘로 들어 올려지기 시작했다. 단 한 번도 엘리베이터를 타며 하늘로 향한다는 생각을 해 본 적이 없었는데 말이다. 원래 엘리베이터에서 1분 자기소개라도 연습해 보려 했지만 투명한 엘리베이터 탓에 그럴 수가 없었다.

나는 엘리베이터 왼쪽 위에 달려 있는 조그만 모니터를 계속해서 바라보고 있었다. 모니터에선 〈광고기획계의 혜성, 믿고 맡기는 ○○기획〉, 〈진심을 다한 상담, 법무법인 ○○〉 같은, 재미가 하나도 없는 기업 소개가 띄엄띄엄 슬라이드 쇼로 띄워지고 있었다. 거기 적힌 번호들을 강박적으로 읽다가, 살짝 고개를 돌려 바깥을 보았더니 길가에 주차되어 있던 차가 장난감 같은 크기로 내려다보였다. 도대체 왜 이런 엘리베이터를 만들었을까, 원망하며 층수를 확인하자 십 오층이었다. 이제 몇 초 뒤엔 드디어 이 망할 엘리베이터에서 내려 최종면접을 볼 수 있다고 생각하며 마음을 다잡았다.

겨우 눈을 감고 1분 자기소개를 외워봤다. 그것은 마치 심신을 안정시키는 주문 같았다. 그렇게 1분 자기소개의 처음부터 끝까지를 완벽히 외우고 눈을 떴을 때, 나는 무언가 잘못되었음을 느낄 수 있었다.

층수는 19층에서 멈춰 있었지만, 엘리베이터는 끊임없이 위를 향해 올라가고 있었다. 나는 너무나 놀라 온몸이 굳은 채로 입을 쩍 벌렸지만 입에서는 아무 소리도 새어 나오지 못했다. 어, 어어. 다리에 힘이 풀려 주춤거리며 벽면에 기대어 섰다. 발밑으로는 빌딩을 위에서 내려다보는 듯한 조감도가 펼쳐지더니 곧이어 흰 옥상이 드러나고, 거대한 나무젓가락들을 세워 놓고 보는 것처럼 테헤란로의 수많은 건물의 윗면이 하나둘씩 눈에 들어오기 시작했으며, 종래에는 시야가 구름으로 뒤덮였고, 나는 그쯤 정신을 잃었던 것 같다.

다시 몸에 감각이 돌아왔을 때, 나는 등에 닿는 딱딱한 감촉을 느꼈고, 아까 길거리를 뛰다가 기절해서 도로 바닥에 쓰러져 있었던 건가……라고 생각했지만 아니었다. 옆에서 비쳐 들어오는 푸르스름한 빛에 나는 벌떡 몸을 일으켰고, 망연자실했다.

투명한 엘리베이터 벽면 밖으로, 내가 발 딛고 살던 지구가 고요히 떠 있었다. 지구와 나의 거리는 어렸을 때 종종 들여다보곤 했던 지구본과, 지구본에 코가 닿을 듯이 다가앉아 한국을 찾으려 지구본을 빙빙 돌리던 어린 나와의 거리만큼 가까웠다. 그러니까, 나는 지구 밖에서 투명 엘리베이터에 타 지구본 보듯 지구를 보고 있는 유일한 인간이었다. 닐 암스트롱도 이런 것은 못 했을 것이었다, 고 생각하다 나는 펑펑 울었다. 이런 것은 아무래도 못 하는 게 나았다.

 면접 전날까지도 지구를 떠나고 싶었지만, 이렇게 갑작스럽게, 그것도 면접 문간에서 이렇게 떠나고 싶지는 않았다. 이것은 완벽한 반칙이었다. 내가 자발적으로 떠난 것이 아니라, 무언가에 의한 강제적인 추방에 가까웠다. 깜깜한 암흑 속에 지구의 빛과 몇몇 별들의 반짝임만을 보고 있다 보니 나는 그저 이 갑갑한 엘리베이터를 나가고 싶었다. 이것이 꿈이라면 텅 빈 우주로 뛰어내리는 순간 집 침대에서 잠을 깨겠지. 그리고 최종면접을 볼 회사로 다시 헐레벌떡 뛰어가는 거야. 있는 힘껏 엘리베이터 벽면을 발로 찼으나 무용지물이었다. 진이 빠진 나는 바닥에 주저앉아 한동안 지구를 가만히 바라보았다. 지구는 정말 지구본처럼 살짝 기울어 있었다. 지구가 지구본 같다고 생각하다니 웃기기도 하지. 그만 피식 웃음이 나왔다.

 지구 겉면에서 돌고 있는 거대한 구름 무더기를 멍하게 바라보고 있자니 지금 있는 이곳이 검은 물로 가득 채워진 어항 같다는 생각을 했다. 투명한 엘리베이터 벽은 엘리베이터와 바깥의 경계를 지우나, 투명한 벽을 넘어 밖으로 뛰어들려 하면 여지없이 안팎의 경계면에 부딪혔다. 어항에 갇힌 물고기의 심정을 지구 밖으로 나가서야 알게 되다니. 불쑥불쑥 올라오는 이상한 생각들에 더해 앞으로 그럼 여기서 굶어

죽는 건가, 정말 이것은 꿈이 아닌가, 다시는 내 평범한 일상을 지속하지 못하며, 몇몇 회사들에 서류탈락 통보를 받지도 못하고, 면접도 보러 가지 못하고, 내 집 마련도 하지 못하는 것인가……같은 생각을 하다 또다시 한바탕 울었다. 지구에 남아 있는 혈육이 없어 가족과 떨어진다는 아픔은 없었다. 이미 그런 이별의 아픔은 과거에 모두 겪었다고 생각했다. 그러나 아무리 시간이 지났다 하여도 가족을 보고 싶은 마음은 도저히 사라지지 않았다. 특히 우주에 있는 텅 빈 엘리베이터에서 홀로 울고 있다면 말이다.

언뜻 정지해 있는 듯 고요한 지구를 바라보며 나는 지구본에 가까이 붙어 있을 때, 그렇게 가까이 보면 눈이 나빠진다며 내 어깨를 잡고 지구본으로부터 먼 곳에 앉히던 어머니가 떠올랐다. 그리고 나와 함께 지구본에서 하루에도 몇십 개가 넘는 나라 이름들을 찾으며 튀니지, 알제리, 그린란드 같은 먼 나라들의 이름을 나지막이 발음하곤 했던 아버지도. 그 생각을 하자 나는 견딜 수 없이 외로워졌다.

*

얼마나 시간이 지났는지도 알 수가 없었다. 그러나 확실한 것은, 요의도 변의도 느껴지지 않으며 식욕도 수면욕도 성욕도 없다는 것이었다. 모든 욕구가 사라지고, 서서히 지구 밖에 홀로 있다는 것에 대한 슬픔도, 앞으로의 일에 대한 막막함도, 지구에 두고 온 무수한 열망에 대한 아쉬움도, 투명한 엘리베이터 안에서 느끼는 공포도 사라졌다. 그런 사라지는 감정들에 문득 소름이 끼쳐 지구본과 관련된 부모님과의 추억을 되살려 보았으나 아무 느낌도 들지 않았다. 그런 한편 시간이 지날수록 내 목을 옥죄어 오며 날카롭고 선명해지는 것이 있었다. 모든 욕구와 감정을 한 솥에 넣고 팔팔 끓여 남는 것, 인간을 이루는 모든 사념들이 증발한 뒤에 남는 것은 납 같은 고독이었다.

콜라를 팔팔 끓이면 설탕이 남아요. 콜라에 설탕이 이렇게 많이 들어갑니다. 아시나요? 그렇지만 제로콜라는 끓이면 짜잔, 아무것도 남지 않습니다. 그래서 제로 칼로리라고 하나 봐요. 다이어트를 할 때 제로콜라를 마시면 그래도 도움이 되겠죠?

제목이 제로콜라를 끓이면 일어나는 일, 이었던가. 나는 언젠가 보았던 영상 내용을 생각하며 차라리 제로 콜라가 되고 싶었다. 처음 스스로가 고독해 하고 있음을 인지한 순간 나는 지옥의 구렁텅이로 빠져드는 느낌이었다. 하늘은 천국, 지옥은 지하라 한다면 하늘 바깥엔 또다시 지옥이 있었다.

솜털 같은 빛이 눈앞에 나타난 것은 그때였다.

그것은 소리 내어 말하지 않았지만 나는 그것의 말을 들을 수 있었다. 그것의 언어는 내가 지금까지 들었던 언어가 아니었으며, 어쩐지 지구의 그 어느 인간도 그러한 언어를 쓰지 않을 것이란 생각이 들었다. 그것의 말은 한 음절에 수백 가지의 의미를 담을 수 있었으며 그 음절들의 리듬과 조화로 마치 경쾌한 발걸음으로 공중을 걸어 산책하는 것처럼 맞물리며 전혀 다른 의미로 나아갈 수 있었다. 그것의 언어는 옴, 음, 하, 아, 음, 무, 허… 같은 소리였으며, 깊이 공명했다. 그것이 움, 으로 마지막 말을 마치고 천천히 사라졌을 때 나는 내가 지구에서 추방된 존재로서, 내가 무엇을 해야 하는지 알게 되었다. 구체적인 내용을 기억하고 싶지만 가끔 그것의 언어는 인간의 언어로 번역하지 못하는 경우가 있다. 각국의 언어를 서로 정확하게 번역하지 못하는 것처럼 그것의 어떤 말들은 내가 알던 언어로 표현할 수조차 없다. -이것은 그것을 그것이라 표현할 수밖에 없는 이유이기도 하다.- 그러나 나는 그것이 한 말의 의미를 알고 있다…….

내가 하는 일은 지구에 떠도는 인간들의 고독을 거두는 일이다. 나는 나처럼 괴로워하던 인간들의 모든 번뇌 중에서 오로지 고독만을 거둔다.

나는 인간이 아닌 다른 존재가 되었으며, 다시는 이전으로 돌아갈 수 없다. 그러나 돌아갈 수 없다는 사실에 대해 나는 아무런 감정을 느낄 수 없으며, 오로지 끊임없이 외로웠다. 나는 지구에 있는 모든 인간의 고독을 거둘 수 있으나 나의 고독을 거둘 수는 없다. 그것은 나를 절대자라 칭했다. 그러나 이런 내가 절대자인가?

절대자란 것은 생각보다 훨씬 외로운 것이었다. 심지어 투명 엘리베이터에 갇힌 채 지구 밖에 존재해야 한다면 말이다. 고고하고 높은 존재는 그 고도만큼 춥고 차갑고 외로웠다. 인간의 작은 머리로는 그 외로움의 티끌만큼도 상상할 수 없을 정도로. 인간이 내가 가진 고독의 끝을 쫓다가는 온몸이 부서져 내리고 말 것이다.

하루는 엘리베이터 벽면에 기대어 서서 그런 생각을 했다. 시간을 관장하는 신, 죽음을 관장하는 신이 있다면 인간들의 외로움을 관리하는 신도 있어야겠지. 내가 하는 일은 단연 여느 회사의 인턴이나 신입, 심지어 사장보다 훨씬 크고 중요한 일이었다. 인간들이 괴로워하며 살아가는 회사는, 지구는, 내가 있는 이 우주에 비하면 얼마나 좁은가. 그러나 온통 까마득히 검게 차오르기 시작하는 내 뇌리에 단 하나 빛나는 것이 있다면 그 권태롭고 괴로운 지구에서의 조그마한 삶이란 것에 대한 기억이었다. 다시 지구에서 인간으로서 단 하루만이라도 살 수 있다면. 단 하루만이라도.

감정이 배제된 기억은 테헤란로를 달릴 때를 기억할 때처럼 뚝뚝 끊긴 스톱모션으로 재생되곤 했다. 살아 있는 인간이 내는 소리, 곧 멈출 것처럼 두방망이치던 심장, 끈적하게 달라붙는 땀에 전 와이셔츠와 회전문의 육중한 무게감. 보다 과거로 돌아간다면 술에 취해 잠들곤 했던 밤들과 몇몇 사랑하던 사람들과의 만남, 함께 잠들던 날들, 가족과의 이별, 습관처럼 사던 로또, 떨어져 가는 은행 잔고와 칼같이 날아드는 고지서의 감촉. 나보다 나아 보이는 모든 사람들에 대한 시기와 질투, 바뀐 것 하나 없는 똑같은 일상에 나 자신을 몰아세우며 아프게 찌르고 살을 깎아 먹던 시간들. 그러나 그런 것들도 모두 그리운 것이 되었다가, 이젠 그 모든 것들은 사라지고 내가 가진 것은 잘 카빙 된 아이스볼처럼 매끈한 외로움이었다.

 나는 둥그런 나의 고독을 도구 삼아, 거미줄처럼 뒤엉켜 있는 인간들의 외로움을 걷어낸다. 울다 지쳐 잠에 든 인간들은, 혹은 불면에 시달리다 잠에 든 인간들은 내가 선사하는 긴 잠에서 깨면 훨씬 나은 기분으로 하루를 시작할 수 있을 테다. 나는 모든 인간들의 외로움을 관리하나, 인간의 미래까지 예측할 수는 없다. 위험 범위에 들어온 인간들의 외로움을 인간들이 잠든 사이 걷어낸다. 그러나 아무리 걷어도 끊임없이 정신이 뿌옇게 변하는 인간이 있다. 낮 시간 동안 나는 손을 쓸 수가 없다. 내게 허락된 시간은 오로지 인간들이 잠에 들었을 때이며, 외로움에 몸서리치는 인간들을 보며 나는 그들이 어서 잠에 들기를, 일단 침대에 누워 눈을 감기를 바랄 뿐이다.

*

 얼마 전 그것이 다시 내게 찾아왔다. 나는 오랫동안 그것의 말대로 나를 절대자라 칭해 왔으나, 이제 나를 다른 이름으로 부를 수 있게 되었다. 나는 사념이나 생각, 혹은 정신의 처음이자 끝, 우주의 관점에서 막 발화되기 시작한 문장. 그것의 언어로는, 무, 인간의 언어로는 꿈. 그것의 언어와 인간의 언어가 단 한 음절로 일치하는 것은 무척 놀라운 일이었다. 꿈이란 단어는 내가 지금까지 말 한 모든 내용을 담을 수 있었으며, 이 사실 또한, 나는 지구 밖으로 추방된 뒤에야 알게 되었다. 그 이름은 정말,
 말랑하고 포근한 이름이었다.

3月

류

 류는 왼손으로만 턱을 괴는 습관이 있다. 지금껏 류와 함께 한 날들 중 단 하루도 류가 오른손으로 턱을 괴는 것을 본 적이 없다. 류는 가끔은 울 것 같다고 말하면서도 울지 않았고, 안 운다고 말하면 의심의 여지 없이 울고 있었다. 기쁘다고 말하며 울거나 슬프다고 말하며 웃었다. 류는 틈만 나면 자신의 왼쪽 팔뚝을 주무르는 습관이 있다. 류 말에 따르면 어깨부터 타고 내려오는 만성 통증 때문에 그렇다고 한다. 그럼 병원에 가 보자, 라고 하면 류는 병원에 가기 싫다며 고개를 젓는다. 그리고는 계속 왼쪽 팔뚝을 주무른다. 류는 간혹 매사에 모순적이고, 뭐든지 미루곤 했고, 나로선 이해하기 어려운 행동을 했다. 그러나 나는 그런 류의 습관들을, 류를, 오래 사랑했다.

류가 가장 좋아하는 과일은 석류.

여고 시절 식판을 사이에 두고 점심을 먹으며, 넌 과일은 뭘 좋아하냐 시큰둥하게 물었을 때 류는 석류라 대답했다. 처음엔 별 재미도 없는 농담이라 생각했지만, 진짜였다.

류의 어머니는 꿈에서 무척 탐스럽고 큰 붉은 석류를 보았다. 손을 가져다 대자 석류알은 영롱히 반짝이기 시작했으며, 표면에 손바닥이 닿자마자 알은 툭, 터지며 안에 담긴 과육이 쏟아졌다. 류의 어머니는 그 후 입덧에도 석류는 맛있게 먹었고, 류의 이름을 '류'로 짓기로 결심했다. 그렇게 태어난 류도 석류를 좋아했다. 그러니까, 실은 석류가 류를 만든 것이다.

류가 제일 싫어하던 장소는 정류장.

초등학교 때 별명이 정류장이었다고 한다. 초등학교 때는 어떻게 놀릴 수도 없을 것 같은 이름도 어떻게든 괴상하게 불리곤 했다. 류의 성은 정. 정류의 이름은 처음엔 아이들의 놀림 대상에서 벗어나 있었으나, 어느 날 학교가 마치고 집으로 돌아가는 버스를 타러 아이들과 함께 기다리고 있을 때, 누군가가 정류장에서 한 글자만 빼면 정류가 된다는 놀라운 사실을 알게 되었고, 그 탓에 정류의 별명은 초등학교 내내 정류장이었다. 류는 처음에 그렇게 이상한 별명으로 자신을 부르는 친구들에게 그러지 말라고 했지만 −류는 표정을 잘 숨기지 못한다. 점잖게 말한다고 하지만 표정은 이미 화가 잔뜩 나 있는 류의 모습이 상상된다− 친구들은 당연히 귓등으로도 듣지 않았다. 류가 덧붙였다.

― 그래서 복수했지.

― 어떻게? 그 애들도 똑같이 이상한 별명 붙여서 놀려 줬어?

― 아니. 그냥 내가 정류장을 좋아하게 된 거야.

초등학교를 졸업할 때 즈음 류는 어느 순간부터 정류장이란 별명을 괜찮게 여기게 되었고, 가끔 인터넷 사이트에 가입해 별명을 적을 때 아무 생각 없이 정류장을 적곤 했다는 것이었다. 석류를 좋아하고 별명이 정류장이었던 류에 비해 나는 지극히 평범하다. 나는 학창시절 이렇다 할 별명도 없었으며, 좋아하는 과일은 포도다. 흔하디흔한 과일이 아닐 수 없다. 나는 좋아하는 과일에 석류라고 대답하는 류가 좋았고, 때론 미웠고, 때론 질투했으며, 때론 사랑한다고 말하고 싶었고, 때론 류의 곁을 훌쩍 떠나고 싶었다.

사랑하는 유이연에게.

생일 축하해!

고등학교 시절 내 생일에 류가 보낸 편지의 끝머리에 적혀 있던 이 말을 나는 믿지 않는다. 류가 내게 쓰는 사랑한다는 말과, 내가 류에게 차마 하지 못하는 사랑한다는 말 사이엔 너무나 큰 차이가 있다. 류가 말하는 사랑은 그저 나는 좋은 친구라는 뜻이다. 류는 틈만 나면 내게 아무렇지 않게 엉겨 붙고, 함께 노는 다른 친구들에게도 사랑한다고 말하곤 했으니까.

반면 나는 류에게 생일 편지를 쓸 때 한 번도 사랑한다고 말 한 적이 없다. 도저히 그 말을 쓸 수가 없었다. 다른 친구들에게 보내는 편지엔 사랑한다는 말을 잘만 써 놓고, 류의 편지엔 나는 펜을 들고 한참을 고민하다 결국 '애정하는', '아끼는' 같은 식상한 말밖에 쓰지 못했으며 흔한 하트 하나 내 마음이 들킬까 봐 그리지 못했다.

내 생일이었던 날, 나는 류가 저녁 시간에 함께 바깥에 가 저녁을 먹자고 찾아오길 바라며 온종일 교실 앞문만 바라보고 있었다. 쉬는 시간, 문을 열고 류가 들어와 저녁 같이 먹을래? 선물처럼 말했고, 류와 함께 버스를 타고 선도부의 눈을 피해 학교에서 십 분 남짓한 거리에 있는 파스타 가게로 향하며, 덜컹이는 버스 속에서도 나는 류와 함께 있어서 즐거웠다. 류가 딱히 재미있는 이야기를 하는 것도 아니었고,

우리 사이에 특별한 사건이 있던 것도 아니었지만, 무엇이 그리 즐거운지 모른 채 그저 즐거웠다. 파스타 가게에 도착해서는 식전빵을 먹고, 한 그릇에 칠천 오백 원 하는 알리오 올리오를 먹었고, 와인 잔에 담긴 미지근한 물을 마셨다. 다시 야간 자습을 하기 위해 학교로 돌아가는 길에 나는 오늘은 최고의 생일이란 생각을 했었다.

버스에서 내려 교문으로 걸어가는데, 어느새 저녁 시간이 끝나가 교문이 닫히고 있었다. 그때 류는 내 손을 잡았다. 내 손을 잡고, 야 유이연, 빨리 뛰어! 라고 외치며 나를 잡아끌었고, 나는 류의 손을 잡은 채 교문으로 달리기 시작했다. 류의 손은 내 손처럼 작고 앙증맞고 부드러웠다. 교문이 닫히기 전에 우린 교문 안으로 뛰어 들어갔고, 류는 잡은 손을 풀었다. 나는 손에 홧홧한 온기를 느끼며, 방금 일어난 엄청난 사건에 너무나 당황스러웠지만 류는 당연히 아무 생각이 없어 보였다.

류와 나는 자습실로 들어갔고, 수학 문제집을 펼쳐 놓고서 나는 단 한 문제도 풀지 못하고, 닫히기 시작하는 교문과, 류가 내 손을 잡아 주었을 때의 짜릿하고 슬픈 온기를 끊임없이 떠올렸다. 나는 그때 내게 류와 맞잡을 손이 있다는 것이 감격스러울 정도로 기뻤다. 마치 내 손은 그날 내 생일에, 류와 손을 잡기 위해 존재하기라도 하는 것처럼 말이다.

그 이후에도 류는 종종 내 손을 잡았으며 -주로 어디 가자고 잡아끌 때- 힘든 일을 말하다 감정이 북받칠 때나, 기쁜 일이 생겨 감정을 주체하지 못할 때 나를 와락 끌어안곤 했는데 그때도 나는 처음으로 류와 손을 잡았을 때와 마찬가지로 아찔했으며, 안절부절못했다.

류가 내게 안겨 올 때마다 나는 슬쩍 몸을 뺐고, 손이 잡히면 잡힌 손에 힘도 주지 못한 채 가만히 있었다. 그것은 류에게 사랑한다는 말을 하지 못했던 것과 같은 이유였다. 조금이라도 내 감정이 들킬까 봐, 내가 류를 사랑하고 있다는 것을 류가 알아버릴까 봐 무서웠고, 무엇보다 류와 다른 온도의 마음으로 류를 안을 수 없었다. 그것은 이기적이고, 류에 대한 기만이라 생각했기 때문이었다.

자, 다음 사연 알아보겠습니다. 이번 사연은 대학생인 것 같아요. 네, 읽어보죠. 동아리에 짝사랑하는 오빠가 있는데 이 오빠가 저를 정말 좋아하는 건지 확신이 들지 않아요. 같이 있으면 계속 놀리고, 공부한다고 하면 굳이 제가 있는 곳까지 찾아와서 새벽까지 같이 있다가 집에 가곤 해요. 저한테 예쁘다고도 말했어요. 그런데 이상한 건, 저한테 어느 날 만나는 남자 없냐고 소개팅을 시켜주겠다고 하는 거예요. 이런 상황에서 저는-

더 들을 필요가 없을 것 같아 나는 영상을 멈추고 댓글을 본다. 댓글엔 그냥 사연자님이 용기를 내세요, 50% 이상은 관심 있는 듯, 소개팅은 떠보는 겁니다, 어차피 인생 한 번이니까 지르세요, 같은 말들이 있다. 그러나 그렇게 쉬운 문제가 아니다. 용기를 내기는 쉽지 않다. 짝사랑이 힘든 이유는 사랑하는 사람에게 사랑한다고 말할 수 없다는 점이다. 그뿐이다. 그 말이 뭐길래, 고맙다, 아낀다, 최고다, 같은 말들로는 충분하지 않은 것일까.

나는 내 감정이 류에게 들켜버릴까 걱정스러웠지만, 한편으로는 이런 내 감정을 조금이라도 류에게 들키고 싶었다. 나는 이 말이 심각한 모순임을 안다. 매일 내 감정은 들쑥날쑥하며, '류에게 사랑한다고 말할 것이다'와 '말하지 않을 것이다' 사이를 오가곤 했다. 류에게 이런 내 감정을 전한다면 류는 무어라 할까. 다시는 류를 보지 못할 수도 있다. 친구로라도.

— 고백받았어.

학교 근처 떡꼬치 집에서 떡볶이를 먹다 류는 말했다. 나는 그만 목이 막혀 물을 들이켰다. 고백? 살아생전 처음으로 '고백'이란 단어를 들어본 사람처럼 나는 되물었다.

— 그런데 거절했어.

— 누군데?

— 고등학교 삼학년 선배. 우리 바로 옆에 남고 다닌대.

— 어떻게 만났는데?

— 학원에서.

— 왜 거절했어?

— 그냥 맘에 안 드니까. 변태 같아. 아, 자꾸 은근히 달라붙고 내 팔뚝 만지잖아. 그러면서 뭐라고 했는지 알아? 말랑말랑하다고 했다니까. 우웩. 분명 가슴 생각했을 거야.

나는 류의 이야기를 들으며 숟가락으로 퍽퍽, 접시 바닥을 긁으며 어묵을 잘랐다. 그 이름 모를 남자의 이야기를 들으며 나는 그 남자가 내가 사랑하는 류의 몸을 함부로 만졌다는 것에도 화가 났고, 나는 그런 고백조차 하지 못하고 마음을 숨기고 있는 것에도 화가 났다.

스스로가 비겁한 겁쟁이처럼 느껴졌다. 안 되겠어, 말해야겠다, 마음먹어도, 떡볶이가 맛있다며 웃는 류의 눈동자를 보면 또다시 모든 결심은 수포로 돌아가곤 했다. 류와 계속 이대로 친한 친구로라도 함께 있고 싶었으니까. 마음을 말하지 못해 괴로운 것보다 마음을 말하고 류를 다시 볼 수 없는 것이 더욱 괴로울지도 몰라. 생각은 계속 뱅뱅 맴돌고 나는 결국 아무것도 결정할 수 없었다. 류는 여자를 애인으로 생각하지 않는다. 그러나 나는 류를 사랑했다.

고등학교를 졸업하기 전엔 시간이 지나면 괜찮아질 것이란 말을 믿지 않았다. 그러기엔 그때 내 감정은 평생을 가도 사라지지 않을 만큼 활활 타오르고 있었다. 여러 커뮤니티를 전전하며 나와 비슷한 고민을 하는 사람들의 사연을 읽으며 펑펑 울었다. 시간이 흐르면 아련하게 먼 첫사랑으로 남을 거라는 말도 있었다. 그러나 나는 그때, 도저히 이 감정이 어딘가로 사라질 수 있다고 믿어지지 않았고, 그래서 류를 보는 것이 괴로웠다.

졸업식을 할 때 즈음에 나는 류와 최대한 만나지 않기 위해 학교가 끝나는 대로 빠른 걸음으로 집에 걸어갔고, 그 흔한 약속 하나 잡지 않았다. 미친 듯이 무언가에 몰두하기 위해 드럼을 배우고 운전면허 학원에 다녔다. 무릎 사이에 타이어를 끼우고 드럼채로 몇몇 박자들을 반복해서 치고, 나중엔 작은 드럼들 앞에서 페달을 밟으며 드럼을 쳤다.

낡은 드럼학원의 퀴퀴한 골방에서 레슨이 끝나면 계단을 따라 햇살이 밝게 비치는 바깥으로 나갔다. 그때마다 나는 류를 만나고 싶다, 류를 만나고 싶지 않다,를 번갈아 가며 생각했다. 그땐 그 두 마음 모두 나의 진심이었고, 그랬기에 한껏 괴로웠다. 하지만 이런 내 생활은 어느 날 운전면허 학원 앞에서 기다리고 있는 류를 보고서, 내게 원망이 가득한 표정으로 너 도대체 왜 전화도 안 받고 문자에 답장도 안 하냐고, 자동차 운전이야 나중에 배워도 되니까 지금은 밥이나 먹으러 가자고 말하는 류의 말을 들으면서 처참히 무너지고 말았다.

그렇게 졸업을 했고, 졸업식에 온 온통 신나 보이는 류의 부모님과 인사를 하고, -아, 네가 이연이구나! 이야기 많이 들었어. 어쩜 이렇게 예쁘고 똑똑하니. 많이 고마워. 대학교 가서도 우리 류랑 친구 해 줘야 해. 응?- 꽃다발을 들고 있는 류의 사진을 찍어주고, 교문을 나서 헤어졌다. 그 하루 내내 나는 죄스러운 기분이었으나, 나는 비겁하여 내가 숨기고 있는 비밀을 그 누구에게도 말하지 못했다.

결국 고등학교를 졸업할 때까지도, 대학에 갈 때까지도, 대학교 일 학년, 내가 다니는 대학에서 먼 곳에 있는 대학에 다니는 류를 보러 한 시간 동안 지하철을 타고 갈 때도, 함께 여행을 갔을 때도 류에게 사랑한다는 말을 하지 못했다. 그리고 나는 다른 여자친구를 만났고, 도중엔 남자친구도 만났다. 그러나 그 어느 전 애인과의 감정도 내가 류에게 느꼈던 애끓는 감정보다 크지 못했다. 내가 나의 애인들을 사랑하지 않아서 그런 것이 아니다. 나는 내가 만났던 애인들을 진심으로 사랑했으나, 그들이 내게 주지 못하는 감정의 크기는 사랑과는 별개의 문제였다.

다행인 것은 오래된 연인을 잊어가는 것처럼, 십 년에 가까운 시간이 지나며 류와의 시간도 곱게 풍화되어, 그때의 감정과 지금의 감정이 같지 않게 되었다는 점이었다. 무엇보다, 그때의 류와 지금의 류도 같지 않다. 고등학생 때의 류, 그리고 지금의 류는 너무나 다르다. 오백원짜리 떡꼬치를 나눠 먹으며 시시껄렁한 이야기를 하던 류와, 삼만 오천 원짜리 안주를 시켜 놓고 조금은 지친 표정으로 하이볼을 홀짝이는 류는 다르니까. 그렇게 류와 나는 사귄 적도 없지만, 어느 순간부터 나는 오랜 소중한 전 연인을 추억하는 것처럼 류를 추억하곤 했다. 내가 사랑하는 류는 과거에 머물러 있고 어쩌면 그래서 다행이라 생각하며, 나는 현재의 류를 만나 함께 하이볼을 마시며 직장 이야기와 주식 이야기 같은 것들을 했다.

 하이볼을 마시다 취기가 오른 류가 언젠가 말했다.

 ─ 야, 고등학교 때 생각나? 네 생일날에 파스타 먹으러 갔잖아.

 ─ 아, 응.

 ─ 그때 진짜 웃겼지 않아? 교문이 닫히는데 아슬아슬하게 뛰어 들어갔던 거. 갑자기 냅다 뛰어서 네가 하얗게 질려서 숨도 못 쉬고 있는데 그래도 벌점은 안 받아도 되겠다는 생각에 웃고.

류는 깔깔 웃으며 이야기를 했다. 류의 말은 모두 사실이었다. 같은 장면을 내가 말한다면 전혀 다르게 말할 수 있었겠지만.

— 그랬었지.

— 정말, 그 삭막한 하루하루 속에서 너랑 놀아서 너무 재미있었어. 그래서 그렇게 무사히 졸업했던 것 같아. 나 원래, 자퇴하려고 했었거든. 그런데 너랑 같은 반 되고 나서는 그런 생각이 안 들더라고. 그래서 우리 엄마아빠가 너한테 정말 고마워했어.

류가 자퇴를 생각했다는 말을 처음 들었다. 졸업식 날, 류의 부모님이 내게 고맙다고 한 것의 의미를 나는 그제야 알 수 있었다. 어쨌거나. 나와는 다른 과거를 기억하고 있는 류는 여전히 사랑스러웠으나, 류에게 더 이상 예전과 같은 감정은 생기지 않았다. 류와 함께 과거를 떠올리며 나는 이미 끝난 연애의 장면들을 하나하나 돌아보며 각주를 다는 것처럼 슬펐고, 그 순간들을 류와 함께 추억할 수 있어 조금은 즐거웠다.

류에게 고백하지 않았던 나는 류와 친구로 남아 내 마음이 온통 류에게로 쏠려 있었던 그 시절을 함께 추억할 수 있다. 류에게 내 마음을 들켰다면 그 풍경은 나 혼자만 추억할 수 있는 풍경이었겠지. 오랜 시간이 흘러 감정은 사그라들고,

류와 나는 여전히 함께다. 이런 것도 해피엔딩이라면 해피엔딩일까. 하지만 나는 그만큼 오랜 시간 힘들었는데. 나는 그렇게 생각하며 남은 하이볼을 쭉 들이켰다. 둥근 아이스볼의 서늘한 감촉이 입술에 닿았다.

이자카야를 나와 우리는 아, 월요일에 출근하기 싫다, 그래도 내일은 일요일이니까 푹 쉬어, 같은 말들을 하며 좁은 골목을 터덜터덜 걸어 내려갔다. 류는 술이 들어가면 항상 애교가 많아지는데 그날도 그랬다. 갑자기 어느 골목에 멈춰 서더니 내게 안겼다. 예전 같았다면 내가 슬쩍 몸을 뺏겠지만 그때는 달랐다. 나는 팔을 들어 류의 작은 등을 꽉 감쌌다. 류는 내 품 안에 꼭 들어오는 부피로 내게 안겨있었고, 따뜻했다. 나를 삼켜버릴 것만 같이 타오르던 류에 대한 내 사랑이 시간이 흐르며 조그만 불씨로 줄어들었을 때, 그때야 나는 류를 진정으로 안을 수 있었다.

도저히 사라지지 않을 것만 감정도 사그라들고 슬픔과 괴로움도 서서히 식어 이젠 내게 류는, '언젠가 류를 많이 사랑했던 때가 있었다' 정도의 미지근한 문장이 되었다. 우린 서로를 사랑하지 않기에 서로를 안는다. 류의 온기가 전해져 왔다. 살아 있는 인간의 은은하고 애틋한 온도.

딱 그 정도의 온도가 적당했다.

냉장 상자

 상자는 늘 걷던 일상적인 공간에, 하지만 그날이 아니라면 쉽게 발견하지 못할 곳에 놓여 있었다. 비가 오는 날 우산도 없이 비를 맞으며 길거리를 뛰어가 겨우 지하철역에 도착한 나는 어깨에 묻은 빗물을 털어내고, 비참한 기분으로 땅바닥을 보며 터덜터덜 탑승구로 향하는 계단을 걸어 내려갔다. 고개를 들어 앞을 볼 기운도 없었고, 내 목은 잘못 조립된 밀랍인형처럼 꺾여 있었다. 잔뜩 고개를 숙인 채, 사람들의 발자국이 만들어낸 계단의 땟국물들과 낡은 내 운동화 앞코만을 바라보며 계단을 내려가고 있는데, 문득 계단 턱 아래에서 이질적으로 빛나는 작은 상자 하나가 눈에 띄었다. 그것은 계단과 계단 사이, 기역 모양으로 꺾인 부분에 가만히 놓여 있었다. 걸음을 멈춘 내 양옆으로 모세의 기적이 펼쳐진 듯 다른 사람들은 내 곁을 스쳐 지나가고, 나는 천천히 몸을 굽혀 그 상자를 집어 들었다. 상자는 손바닥보다 작은 크기였지만 꽤 무거운 편이었고 테두리는 황금빛으로 빛났으며 차가운 금속 질감이었다. 그것을 들고 이리저리 살펴봤지만 열 수 있는 것처럼 보이지는 않았고, 상자의 바닥 부분엔 날짜가 적혀 있었다.

2020.10.12. 제조

2020년이라면 벌써 몇 년 전이었다. 몇 년 전에 만들어진 상자가 언제 이곳에 버려졌는지는 모르겠지만 이 지하철 역사를 오가는 수많은 사람 중에 이 상자를 발견한 것이 내가 처음이라는 것은 분명한 사실이었다. 혹시 그것에 주인이 있지 않을까 생각하면서도, 그것은 누군가 걸어가다 떨어트린 것처럼 애매한 위치에 놓여 있지도 않고 계단의 단차에 꼭 맞게 밀어 넣어져 있었으므로, 누군가가 일부러 이곳에 버려둔 물건 같다고 생각했다. 나도 모르는 사이 나는 그 상자를 들고 지하철을 탔고, 앞 사람의 샴푸 냄새를 맡을 수 있을 정도로 다닥다닥 붙어 몇 정거장을 지난 후에, 많은 사람을 뚫고 간신히 역에 내려 지하철 역사를 걸어 올라갔다. 가방 안에 넣어둔 상자 때문인지 가방은 평소보다 조금은 무거워진 느낌이었고, 그 때문인지 집으로 향하는 길에 나는 잠시나마 그날 내게 있었던 일들에 대해 조금은 무감각해질 수 있었다. 원래 집에 도착한 후 아무것도 할 것이 없었지만, 가방에 넣어둔 상자 덕분에 그 악몽 같은 아무 무늬 없는 밤에 할 것이 생겨난 참이었다.

  내게 올 행복의 비율과 불행의 비율을 정할 수 있다면 어떤 일이 벌어질까. 그 상자를 주웠던 날, 상자를 줍기 직전에 비 오는 거리를 달리며 옷을 적시고 스며드는 빗물과 함께 나는 그런 생각을 했다. 나는 가장 친하다고 생각했던 친구가 알고 보니 나의 불행을 바라고 있었다는 사실을 건너건너 전해 듣게 되었고, 또 가장 친하다고 생각했던 친구 T와 술을 마시고 모텔에서 나온 후 ―어쩌면 여기서부터 잘못되었을지도 모른다― 갑작스럽게 T에게 고백을 받았고, T의 고백을 거절하자 욕설이 담긴 문자를 받았던 날이었으며 ―고백과 욕설은 긴밀히 붙어 있다―, 과거에 내게 성차별적 발언을 일삼은 어떤 사람이 에세이란 걸 써서 온라인서점 판매 순위 3위에 올랐다느니 하는 소문을 들은 날이었다. 게다가 아르바이트를 하는 카페에서는 햄치즈샌드위치를 주문하며 햄과 치즈를 빼달라고 하는 손님과, 자기가 지금 돈이 없으니 외상을 해 주면 안 되겠냐고 하는 손님에게 시달렸던 날이었다. 어떻게 하루 안에 그런 일들이 일어날 수 있는지 커피머신을 팔이 떨어져라 닦고 마감을 하면서도 믿기지 않았고, 가게 밖을 나와 걷다 보니 갑자기 소나기가 시작된, 다시 생각해도 최악 중의 최악인 하루였다.

지하철역으로 향하며 나는 다음 날 무슨 일이 일어날지도 모른 채 맥주 두 캔을 마시고 잔뜩 행복해져 잠에 들었던 전날 밤의 내가 불쌍해질 정도였다. 하필이면 좋지 않은 일들은 한꺼번에 일어나 쉴 새 없이 머릿속을 복잡하게 만들었고, 하룻밤을 함께 보내버린 오랜 친구 T를 차단하며 내가 지금 얼마나 슬픈지 T에게 고래고래 소리라도 지르고 싶었지만 -이건 물론 내 잘못도 있다는 걸 인정한다. 그러나 누구나 자신의 이야기를 할 때는 이기적으로 변하지 않을까…….- 그래봤자 아무런 득이 될 것이 없다는 생각에 또다시 가슴이 활활 타오르며 답답해지는 순간들의 연속이었다.

집에 와서 나는 또 다른 친구에게 전화를 걸어 '친한 줄 알았는데 나를 배신한 친구'와, '모텔 후 고백 친구' T와, '성차별적 발언 후 에세이집 발간' 인간에 대해 욕을 늘어놓았다. 사실 T와의 일은 아까 말했듯 적극적으로 모텔에 가 버린 나의 잘못도 있으니 그 부분에 대해선 어느 정도 인정을 했다.

그러나 그 후에 고백을 받아주지 않았다고 욕설을 들을 당위는 없지 않은가! 나는 후자에 집중해 T의 욕을 늘어놓았고 '성차별적 발언 후 에세이집 발간' 인간에 대해서는 보다 적극적으로 분노를 표출했으며, 친하다고 생각했지만 알고 보니 나에게 억하심정이 있던 친구에 대해선 너무 큰 분노에 잠식당해 말을 아꼈다. 그러면서 나는 어느 정도 나라는 인간에 대해 부단히 역겨워졌고, 너는 강하니까 잘 이겨낼 수 있을 것이며 자신도 온라인서점에 전화를 걸어 그 책을 인기순위에서 내려달라 요청하겠다는 수화기 너머 친구의 말을 들으며, 더는 나 자신에 대한 역겨움을 참을 수 없어질 때 즈음에 전화를 끊었다.

전화를 끊고 나는 잔뜩 어질러진 방에 섬처럼 떠 있는 침대 위에 누웠다. 그리고 견딜 수 없이 외로워졌고 베개를 끌어안고 엉엉 울었다. 실은 어제 T를 안았을 때도 그랬다. 술이니 뭐니 하는 것들은 모두 변명이고 그저 나도 어느 정도 T에게 마음이 있었으며 결국엔 가장 약한 지반이 터지는 것처럼 술을 잔뜩 마시고 그 마음이 표출된 것이겠지. 그러나 나는 T를 사랑한 것이 아니었고, 그저 끌어안고 엉엉 울 수 있는 베개 정도로 T를 생각한 것이었다. 그저 누구라도 좋으니 내 빈 곳을 채워주었으면 좋겠다는 말도 안 되는 생각이 들었고 그 순간 T가 있었다 −이런 고백을 하기까지 나는 내가 역겨운 인간이라는 것을 인정해야만 했다- T는 어느 정도 매너있었으며, 모텔 콘돔은 쓰레기통에 버려 버리고 모텔 근처에 있는 편의점에 가서 콘돔을 사 올 만큼 열정적이었다. 솔직히 침대에서 T와 뒹굴며 나는 이 순간이 영원했으면 좋겠다고 생각했으나 섹스가 끝나갈수록 나는 이젠 T와 이전의 관계로는 돌아갈 수 없다는 생각에 미칠 듯이 슬퍼졌다.

뇌가 과부하가 걸린 것처럼, T와 더운 숨을 나누는 그 순간이 좋았고 엄청난 쾌락에 찌들어 있었지만, 한편으로는 무척 절망적이었고 눈앞이 깜깜해질 만큼 스스로가 싫었다. 쾌락과 슬픔이 공존할 수 있다는 것을, 혹은 슬픔도 하나의 강력한 쾌락이라는 것을 나는 T를 안으며 알았고, 몽롱한 정신으로 몇 번을 뒤엉키다 다음 날 일어나자 머리가 깨지는 듯한 숙취와 함께 바싹 말라 나동그라진 콘돔들이 발에 밟혔다. 나는 오래된 연인과 이별하는 것처럼 잠든 T의 얼굴을 한참 바라보다 -T는 아이처럼 말갛고 고요히 자고 있었다- 짐을 챙겨 밖으로 나갔다. 이제 다시 T의 얼굴을 볼 일도 없고, 연락할 일도 없을 것이라 생각하면서.

이렇게 생각해보면 오히려 욕을 해야 할 쪽은 T인지도 모르겠다. 서로 마음이 있다고 생각했는데 내가 혼자 모든 연락을 끊어버린 것일 테니까. T의 입장에서도 내가 T를 사랑하지 않는데도 하룻밤을 보냈다는 게 이해되지 않을 테지.

-T도 분명 친구에게 내 욕을 하고 있을 것이다.- 하지만 T는 그만 내게 욕을 하는 실수를 범해버렸고, 그래서 내게도, 역겹게도 T를 욕하고 나의 행동을 정당화할 명분이 생긴 것이었다. 그렇게 생각하다 보니 나는 나 자신의 역겨움에 대한 분노가, 문득 내게 욕을 한 T와 뻔뻔하게 책을 출간한 인간에 대한 쪽으로 옮겨갔으며 어쩌면 그래서 용케 무너지지 않고 하루를 견딘 것은 아닐까 하는 생각까지 하게 되었다. 하지만 분노로 지탱되는 삶은 언제나 위험했다. 불이 옮겨붙는 것은 한순간이니까.

힘겹게 침대에서 몸을 일으켰다. 베개엔 눈물 자국이 둥그렇게 묻어 있고 나는 그 자국으로부터 도망치다시피 방 책상 쪽으로 걸어가 가방을 열고 상자를 꺼냈다. 땅바닥을 보며 걷는 사람에게만 보이는 그 금속성 상자의 묵직한 무게를 느끼자 마음이 조금 편해졌다. 상자를 손에 쥐고, 또다시 이리저리 돌려 보았다. 음각된 날짜를 보며 2020년 10월 12일에 나는 무얼 했을까, 생각하다 상자를 내려놓는데 문득 딸깍, 소리가 났다. 그 소리에 놀라 다시 상자를 집어 들었으며, 상자를 들고 살펴보자 분명 지하철역 계단에서는 보이지 않았던 이음매 같은 것이 상자에 생겨나 있음을 알 수 있었다. 역에서는 어두워서 보이지 않았던 것일까? 나는 미세하게 난 금을 따라 양손으로 상자를 열었고, 그러자 상자는 부드럽게

양쪽으로 열렸으며, 상자 안쪽엔 단정히 접힌 흰 쪽지가 있었다.

쪽지를 집어 들고, 천천히 펼쳤다. 펼쳐진 종이는 학종이만큼 작은 크기였으며, 거기엔 삐뚤삐뚤한 글씨로 이렇게 적혀 있었다.

인간 냉장 서비스. 당신의 소중한 인간을 이곳에 신선하게 냉장하세요.

분명 글을 읽었는데 아무것도 읽지 않은 것만 같은 기분이었다. 어떤 서비스의 눈에 띄기 위한 자극적인 카피라고 해도, 도저히 어떤 것인지 예측이 되지 않았다. 게다가 광고란 눈에 띄게 하는 것인데 이런 카피를 금속 상자 안에 넣어서 아무도 못 보게 광고하는 건 말이 안 되는 일이었다. 한동안 쪽지를 바라보다 나는 혹시나 하는 생각으로 인터넷에 '인간 냉장 서비스'라고 검색했고 당연히 아무 검색 결과도 찾을 수 없었다. 그런데도 그 상자를 보고 있자니 그 조그만 부피에 비해 이질적인 무게 때문인지, 나는 홀린 듯 책상 위에 놓여 있던 지우개를 상자 안에 넣고 닫아 보았다. 닫힌 상자에서는 당연히 아무 소리도 나지 않았으며, 만화에서나 볼 것 같은 요란한 효과 같은 것도 없었다. 그리고 멍청한 짓을 한

것 같은 생각에 실소하며 상자를 연 나는, 아까 넣었던 지우개가 감쪽같이 사라진 것을 확인했다.

  상자 안에 들어갈 만한 것들을 여러 가지 넣어 보았다. 플라스틱 음료수 뚜껑, 뭉친 화장지, 다 쓴 이면지. 그것들은 하나같이 상자에 들어가자 아무런 예고 없이 사라졌다. 혹시 마술에 쓰는 도구인가 싶어 상자 안쪽을 샅샅이 뒤졌지만 어떤 장치도 발견할 수 없었다.
  냉장고에서 시원한 생수를 꺼내 마시고, 침대로 가 앉았다. 욕 문자부터 인간 냉장 서비스까지, 두 번 다신 없을 괴상한 하루였다. 책상 위에 놓인 상자가 눈에 들어오고, 나는 문득 그 상자가 주장하는 서비스가 정말 실재하는 것이라 하더라도 내겐 냉장하고 싶은 소중한 인간이라 할 만한 것이 없다는 생각이 들었으며, 다시금 섬처럼 외로워졌다. 가장 최악인 것은 심지어 내겐 나 자신도 소중한 인간이 아니라는 점이었다.
  신선하게 냉장될 자격이 있는 인간을 찾으면 몇 명이나 찾을 수 있을까. 나는 친하다고 할 만한 몇몇 인간을 떠올려 보다, 그들 누구도 냉장의 자격에는 부합하지 않음을 깨달았다. 나는 누구라도 냉장하고 싶었으나, 그런 신기한 상자를 손에 들고서도, 아무것도 할 수 있는 게 없었다. 누구라도 안고 싶은 것과 누구라도 냉장하는 것은 너무나 다른 문제처럼 느껴졌으며, 그 순간 나는 T가 떠올랐고 과거의 T라면 이 상자 안에 들어갈 수도 있었겠다는 생각에 몹시 비참해졌다.

상자를 열고 손가락을 넣어 보았다. 손가락을 넣어 꾹 누르면 내 몸도 빨려 들어가 사라질 수 있는 건 아닌가 싶었다. 그러나 손가락 끝에 만져지는 것은 상자의 단단한 질감뿐이었다. 침대에 앉아 있던 나는 곧이어 눈물이 조금씩 마르고 있는 베개를 베고 누웠으며, 상자를 만지다 어느 순간 잠에 빠져들었다. 그날은 꿈도 꾸지 않고 깊이 잤고, 잠에서 깼을 땐 그 어느 때보다 개운했으며, 창밖엔 밝은 아침 햇빛이 비쳐들고 있었다.

블라인드를 살짝 걷고 밖을 내다보자 밝은 햇살 아래 사람들이 어딘가로 끊임없이 움직이고 있었고, 창밖으로 보이는 떡볶이 가게 앞엔 몇몇 사람들이 서서 어묵을 먹거나 떡볶이를 먹고, 한 쌍의 커플이 골목길에 서서 서로를 안고 있었다. 나는 도로의 오토바이 소리와 자동차 소리, 재잘거리는 사람들의 이야기 소리를 들으며 잠시 계란물 속에 들어간 빵처럼 햇살에 흠뻑 적셔졌다. 나는 적어도 그 순간엔 아무 생각도 들지 않았으며 –상자에 들어가면 이런 느낌일까?– 블라인드를 닫고 침대에서 내려왔을 때, 어제 손에 들고 보았던 금속 상자가 감쪽같이 사라졌음을 깨달았다.

도저히 갈 것 같지 않았던 하루가 가고, 그 뒤부터는 하루의 불행과 행복의 총량 따위는 걱정하지 않아도 될 만큼 평화롭고 평범한 날들이 흘러갔다. 몇몇 진상 손님들이 있었고, T에게선 더는 연락이 오지 않았으며, 온라인서점에서 3위를 한 인간의 책은 지속적인 불편 신고 때문인지 어느 순간 절판되었다. 나는 모든 것이 제자리로 돌아갔다는 안도감과, 극한의 즐거움도 극한의 슬픔도 없는 평범한 날들이 주는 잔잔한 기쁨에 잠겨 있었다.

가끔 나는 카페 마감을 하고 집으로 향하는 지하철을 타러 계단을 걸어 내려가며, 혹시 또 상자를 발견할 수 있지 않을까 하는 생각을 했다. 그러나 몇 번이고 땅을 보며 걸었지만 상자는 나타나지 않았다. 언젠가 사람들로 가득한 지하철에 구겨져 집으로 배송되며 -기차에 실린 화물과 지하철에 실린 인간의 차이를 나는 모르겠다- 나는 내 손에 있던 상자도, 또 다른 어떤 상자에 의해 냉장되어버린 것은 아닌가 하는 생각을 해 보기도 했다. 내가 가진 상자가 소중한 인간을 냉장할 수 있는 상자라면, 또 어느 지하철역 계단에 놓여 있는 상자는 소중한 물건을 냉장할 수 있는 상자일 수도 있겠지. 세상은 넓고, 그만큼 상자도 많고, 상자를 비밀스럽게 놓아둘 곳도 많을 테니까.

나를 소중하게 생각하는 어떤 인간이 그 상자 속에 나를 넣어주었으면 좋겠다.

이것은 역겨운 나의 조그만 바람이다. 누군가는 나를 증오하고, 누군가는 나를 미워하고, 누군가는 나를 좋아한다면, 누군가는 나를 조금은 소중하게 생각할 수도 있겠지. 그런 생각을 하며 나는 땅바닥을 보며 걷던 시선을 조금 올려 앞을 보며 걸었으며, 문득 내 시선이 가닿는 곳 끝엔 예쁜 구름도, 싱그러운 잎새를 떨어트리는 나무도 있다는 것을 알게 되었고, 그렇기에 내게 오는 행복과 불행을 바람처럼 맞으며 언제까지나 살아 보기로 했다. 상자에 들어가기 전까지 만이라도.

내 사랑하는 친구

 지하철에서 내리자 어느새 비가 내리고 있었다. 우산을 펴 들고 인하를 만나기로 한 곳으로 걸어간다. 겨울의 끝이라고도 봄의 시작이라고도 말하기도 애매한 날씨에, 때에 맞지 않는 히트텍을 입고 삼월의 거리를 걷는다. 우산을 잡은 손이 오들오들 떨린다. 이미 해도 진 저녁이라 햇빛 한 점 없는 거리엔 싸늘한 바람만이 불어온다. 연남동의 미로 같은 골목을 이리저리 돌며 휴대폰 지도앱에 의지해, 과연 목적지에 도착할 수나 있을까 하는 마음으로 저벅저벅 걷는다. 인하가 만나자고 한 칵테일바는 간판이 없다. 정확한 위치를 모르고 간다면 거기에 술집이 있는 것도 모른 채 지나칠 수도 있다고 인하는 말했다. 신기한 컨셉이네, 생각하며 번지수를 물었다. 어딘가를 찾아갈 때, 상호명이 아닌 지번을 받아들고 찾아가는 것은 흔치 않은 경험이었다.

몇 개의 골목을 더 돌고, 왔던 길을 다시 돌아가 조금 헤맨 끝에 간판 없는 가게 앞에 도착할 수 있었다. 인하의 말마따나 그 칵테일바는 건물 외벽에 이렇다 할 문도 없었다. 골목길 쪽으로 난 한쪽 면이 모두 나무로 되어 있는 형태였다. 한 치의 틈도 없이 꼭 맞물려있는 나무 벽 앞에 서서 인하에게 카톡을 보낸다. 인하에게서 답장이 온다. '나도 거의 도착했어. 그런데 진짜 춥다. 먼저 들어가 있어.' 인하의 답장을 보고, '그런데 여기 어떻게 들어가-'까지 치고 있는데 등 뒤에서 한 치의 틈도 없어 보였던 나무 외벽이 미닫이처럼 옆으로 스르륵 열렸다. 그건 꼭 비밀통로로 가는 입구 같았다. 한 팀이 가게 밖으로 나갔고, 나는 그 틈에 안으로 들어간다.

그곳은 아주 조그만 칵테일바였다. 기역 자 모양으로 꺾인 바에서 한두 명씩의 사람들이 앉아 조용히 술을 마시거나 도란도란 이야기를 하고 있었다. 나는 구석 쪽에 자리를 잡고, 인하에게 들어와 있다고 메시지를 보낸다. 바텐더가 메뉴판을 내민다. 이런저런 칵테일 이름들을 읽어보다 위스키 쪽으로 책장을 넘긴다. 오늘은 칵테일보단 위스키를 마시는 게 나을 수도 있겠다는 생각을 하고 있는데, 드르륵 나무 벽이 움직이는 소리와 함께 인하가 들어온다. 먼저 앉아 있는 나를 보고 인하는 우산을 탁탁 털고 내 옆에 와 앉는다.

오랜만에 만난 인하는 여전히, 똑같았다. 인하는 끈 구멍이 지네 발보다 더 많아 보이는 워커를 신고 있었고 짧은 가죽 치마에 흰 크롭티, 그 위엔 짧은 밀리터리 점퍼를 걸치고 있었다. 목에 초커는 보아하니 그사이에 새로 산 것처럼 보였다.

— 야, 윤미진. 오랜만이다.

인하가 씩 웃으며 말한다.

— 안 추워?

인하를 만나고 내가 처음으로 물은 것은 그것이었다. 그도 그럴 게 이렇게 손이 시려울 정도로 추운 날씨에, 짧은 치마에 얇아 보이는 밀리터리 점퍼는 패션이라기보단 추위를 견디는 형벌 같았다. 인하는 내 말에 밀리터리 점퍼 안에 있는 누빔을 보여 준다.

— 이게 있어서 그렇게 춥지는 않아. 나름 두껍다고.

그렇다면 그런 거겠지. 나는 인하와 함께 메뉴판을 넘긴다. 결국 인하는 위스키사워를, 나는 글렌리벳을 주문한다. 안주는 뭐 시킬래, 오늘 내가 살게. 인하가 심드렁하게 이야기한다. 왜? 내가 묻는다.

— 금수 새끼 말야. 내가 그동안 빌려준 돈 안 갚으면 경찰

서 가겠다고 끝까지 물고 늘어지고 있었는데 어제 새벽에 갑자기 입금했더라고.

금수 새끼, 는 인하의 전 남자친구다. 이름은 김금수., 육 개월 전쯤이었나, 그때 인하와 함께 있는 금수를 보고 나는 도대체 인하가 왜 금수 같은 남자와 만나는 것인지 알 수가 없었다. 금수는 아무 데서나 침을 찍찍 뱉는 -심지어 여자친구의 친구 앞에서도- 인간이었고, '이열치열'이라든가 '결초보은' 같은 사자성어가 무슨 뜻인지 몰랐다. 사소한 배려가 없었고 말을 함부로 툭툭 던지고 언제나 한쪽 팔을 인하의 어깨에 툭 걸치고 있었다. 그런 금수의 전반적인 외관은 지금 막 TV 전래동화 프로그램에서 튀어나온 산적 같았다. 나는 금수를 처음 봤을 때부터 그가 마음에 들지 않았다. 금수가 단순히 외관이 산적 같은 남자였다면 크게 상관이 없었을 테지만, 금수의 행동은 나를 실망하게 하기에 충분했다.

하지만 금수에게 빠진 인하를 금수에게서 떼어놓을 만한 명분은 없었다. 그러니까, 금수는 보는 사람을 묘하게 불편하게 만드는 재주가 있었으나 명확히 나쁜 짓을 하진 않았다. 사자성어를 모르고, 침을 뱉고, 말투가 거슬리고, 배려가 부족하다 하여 그 인간이 조금 부족할지언정 나쁜 것은 아니지 않은가. 그래서 나는 무턱대고 미워할 수 없는 금수가 더욱 싫은 한편, 인하에게 별말을 않고 가만히 있었다. 인하의 애인에 대해 쉽게 이렇다 저렇다 말을 하는 것 또한 인하에게 친구로서의 예의가 아니라 생각했기 때문이다.

하지만 그것 또한 나의 순진한 판단이자 착각이었다. 인간은 생각보다 훨씬 교활하다. 인하는 금수를 만난 이후로 질염을 달고 살았고, 생리가 불순해지고, 극심한 가려움에 산부인과를 들락거렸다. -물론 나는 이런 일련의 사실들을 인하가 금수와 헤어진 이후에 듣게 되었다.- 그런 와중에 금수는 인하에게 돈까지 야금야금 빌렸고, 배려 없는 섹스를 하다, 어느 순간 양다리를 걸친 게 발각되고 오히려 본인이 인하에게 이별을 고하고 사라졌다. 그런 일련의 사건들을 모두 지켜본 내 입장에서 단 하나 다행스러운 것이 있다면, 금수가 인하의 인생에서 완벽히 사라져 주었다는 점이었다. 물론 그럼에도 불구하고 인하는 혹시라도 금수가 찾아와 자신에게 해를 입힐까 봐 살던 자취방을 정리하고 이사까지 했다. 어쩐지 죄를 지은 사람은 발 뻗고 자고, 정작 화를 내야 할 사람은 두려움에 떠는 참 이상한 세상이다.

— 결국엔 돈 갚았네. 뻐길 대로 뻐기다가, 막상 법대로 처리하는 건 또 무서워서 그런가.

— 그렇겠지 뭐. 어쨌든 나는 돈 받았으니까 됐어. 더 이상 인간도 아닌 그 금수 새끼랑 엮이기도 싫거든. 그래서 안주는 뭐 먹을래? 아직 안 정했어.

나는 메뉴판을 골똘히 바라보다 치즈 플레이트를 시킨다. 뭘 본격적으로 먹기엔 집에서 저녁을 너무 든든하게 먹고 나온 탓이었다. 주문을 하고 인하가 아까 하던 이야기를 계속한다.

— 그래서 처음에는 한 달에 얼마씩 갚겠다고 하는 거야. 웃기지. 무슨 용돈 주는 것도 아니고 한 달에 몇십씩 갚는 게 말이 돼? 언제 다 갚을지, 끝까지 주기나 할지 어떻게 알고.

— 웃기네.

— 뭐. 어쨌든 돈 안 갚으면 고소한다는 게 생각보다 강력했긴 한가 봐. 사실 그 말에도 금수 걔가 며칠 동안 혼자, 고소가 성립하는지 두고 보자고 협박하다가 결국엔 입금했더라고. 그런데 내 생각엔 말야.

주문한 칵테일과 위스키가 나온다. 두툼한 여러 종류의 치즈가 보기 좋게 플레이팅되어 있는 치즈 플레이트도 나온다. 우린 잔을 들어 술을 가볍게 넘긴다.

— 내 생각엔, 나한테 보내준 돈도 누군가에게 빌린 것 같아. 예를 들면 지금 만나는 여자라든가.

— 카드 돌려막기가 아니라 사람 돌려막기네.

— 그런 셈이지.

인하는 칵테일 잔을 내려놓는다. 혀끝에 남는 위스키의 뒷맛은 기분 좋게 쓰다. 원래 나는 위스키를 마실 때면 단맛보단 쓴맛을 선호한다. 그리고 술을 마실 때 음료수를 마시는 느낌이 나는 것을 제일 싫어한다. 술은 술, 음료수는 음료수. 술을 마실 때는 적어도 조금의 알코올 향은 나야 하는 것이었다. 과일 조각이 박힌 치즈를 잘라 먹는다. 치즈의 고소하고 짠맛이, 그리고 약간의 과일 향이 입안에서 감돌다 사라진다.

실은 인하가 지금은 이렇게 씩씩하게 말을 하지만, 금수가 떠났을 때 놀랍게도 인하는 펑펑 울었다. 못난 놈과 이별해서 박수를 치며 기쁘게 파티를 벌여도 모자랄 텐데, 금수가 나쁜 인간이며, 잘 이별했다는 것을 알면서도 인하는 울었다. 인하가 금수를 사랑하지 않지만 적당히 만나고 있다고 나는 생각했으나, 그것도 나의 오산이었던 것이었다. 나는 인하와 금수가 외모만 보아도 잘 어울리지 않는다고 생각했었으니까. 인하는 쇼핑몰 피팅모델을 할 정도로 몸매와 외모가 예뻤다. 옷이 더 예쁘게 보이려면 머리가 길어야 한다는 쇼핑몰 대표의 말에 더운 여름에도 웨이브한 긴 머리카락이 치렁치렁했다. 요즘이야 머리를 짧게 자르고 촬영이 있을 때면 가발을 쓰지만. -이런 편리한 방법을 늦게 알았다는 것에 인하는 많이 억울해했다.- 어쨌든, 금수는 전혀 그렇지 않았다. 그럼에도 인하는 금수를 좋아했다. 진심으로.

펑펑 울던 인하를 데리고 맛집이니 분위기 좋은 카페니 하는 곳들을 찾아갔고, 한 개에 삼천 원 하는 마들렌을 씹어먹으며 인하는 점점 괜찮아지는 것처럼 보였다. 그러나 정말로 괜찮지는 않았다. 맛있는 음식은 일시적인 기쁨만 가져다줄 뿐, 문제 상황을 완벽히 해결할 수가 없었다. 인하는 정신과에서 심리상담을 받았고, 여러 번의 상담 끝에, 비로소 금수로부터 비롯된 상황들에서 멀어질 수 있었다. 그리고, 이런 사건들을 겪은 인하는 더욱 강해졌다. 이별할 때는 말조차 꺼내지 못한 빌려준 돈에 대해서 똑똑하게 이야기하고, 결국 돈을 받아냈다. 인하가 그동안 남자들 때문에 많이 고생하긴 했지만, 이젠 정말로, 다시는 금수 같은 남자를 만나지 않을 일종의 데이터도 조금이나마 쌓였을 테다.

초커를 만지작거리는 인하의 손톱은 조그만 큐빅이 올라간 빨간 네일이 칠해져 있다. 인하는 빨간색을 좋아한다. 초등학생 때부터 그랬다. 초등학생 때 인하는 새끼손가락에 빨간 젤네일을 칠해놓고, 수업시간에는 새끼손가락을 주먹 속에 온통 숨기고 있던 귀여운 친구였다. 가끔 나는 인하와 초등학생 시절, 집 가는 방향이 같다는 단순한 이유로, 그리고 빵 봉지를 뜯어 띠부띠부씰을 모으는 취미가 서로 같다는 이유로 친해지지 않았다면 그 이후로는 절대 친해질 수가 없었을 것이란 생각을 한다.

그때 집에 향하는 길에 우린 항상 서로의 용돈을 모아 빵을 열 개씩 샀고, 씰을 함께 쓰는 노트에 붙여 놓았다. 초등학생 때 나는 책과 띠부띠부씰에 미쳐 있었다. 도서관에 매일 살다시피 하다 인하와 함께 집으로 향하는 내 책가방엔 언제나 책들이 담겨 있었고, 인하는 언젠가 내가 읽던 책 하나를 빌려 읽더니 '진짜 너무 재미없다'라고 했다. 어쨌든 '진짜 너무 재미없는' 책들을 읽는 나와, 어떻게 하면 빨간 젤네일을 선생님께 들키지 않을지 고민하는 인하의 공통점은 집 방향과 띠부띠부씰이었고, 그 사소한 공통점으로 우린 초등학교 내내 가장 친한 친구가 되었다.

그러나 시간이 지날수록 누군가와 친구가 된다는 것은 더 많은 조건들을 필요로 했다. 초등학생 이후로 서로 다른 학교에 진학한 중학생 시기를 지나며, 인하가 사는 세계와 내가 사는 세계는 꽤 달라졌다. 인하는 고등학생 때부터 수많은 '고3 오빠'들과 교제했고, 휴가를 나왔다가 번호를 따간 군인, 카페 알바생 등 성인들과도 만났다. 그리고는 그들이 주었다는 목걸이나 팔찌, 핸드백 같은 것을 자랑스레 들고 다녔다. 나는 그런 것들을 질색했으나 인하는 그 모든 것들을 '뭐 어때', 라는 말로 일축하곤 했다. 그럼 나도 더 이상 말하지 않고 가만히 있었다. 그런 관계들은 대부분 오래가지 않았고, 인하는 초등학교 시절 빵을 열 개씩 뜯어 새로운 띠부띠부씰을 모았던 것처럼 남자친구를 갈아치웠다.

— 그런데, 금수 말야.

인하가 말한다. 금수를 금수 새끼가 아닌 금수로 지칭할 때면 인하의 목소리는 항상 차분히 잠겨 있곤 했다.

— 사실 걔가 자꾸 손가락을 넣었어. 그게 갑자기 생각나. 핸드폰 만지던 손으로. 그리고 손톱도 안 깎은 손으로. 그래서 그런 것 같아. 염증 생겼던 거 말야. 방광염도.

그러더니 인하는 킬킬 웃는다. 나는 인하의 말을 들으며 아무 대꾸도 할 수가 없다.

— 그런데 아직도 걔를 완전히 미워할 수가 없어. 왜 그럴까? 걔가 나한테 정말 엄청난 상처를 줬잖아. 지금도 나는 병원에 다녀. 그런데 도대체 왜? 걔가 결국엔 돈을 갚아서? 걔가 끝까지 뻐기지 않고 돈을 갚아서 그런 걸까? 그거 때문에 덜 미워하게 된 걸까? 그래도 꼴에 돈은 갚은 인간이라고?

나는 인하의 말을 들으며 위스키를 한 모금 마신다. 손끝이 뜨거워진다. 분노에 손가락이 떨릴 것만 같다. 금수가 잔인한 것은 그가 인하를 완벽히 떠난 지금도 망령처럼 남아 인하를 괴롭히고 있다는 점이었다.

— 있잖아. 가끔은 걔가 참 다정했어.

인하의 목소리가 귓가에서 울린다. 나는 금방이라도 목놓아 울고 싶은 울적한 심정으로 위스키를 넘긴다.

수능을 치기 몇 달 전, 인하와 나는 어느 주말에 만나 함께 밥을 먹었다. 물론 인하는 시험장에 가서 똑같은 번호로 답지를 밀고 엎어져 잘 예정이었지만 말이다. 시험장 가기 싫은데 너 깔아주려고. 그리고 시험장도 한 번쯤은 가 보고 싶고, 인하는 그렇게 말했다. 수능을 몇 달 정도 남긴 시점, 내 인생 최대 고민은 과연 수능을 잘 볼 수 있을까였고 인하의 고민은 그때 만나던 대학생 남자친구와의 1박 2일 여행 문제였다. 그때 인하는 이미 여러 번의 연애를 한 상태였고, 내 눈에 인하는 사랑을 하는 어른처럼 보였다. 적어도 인하가 나보단 사랑을 잘 알 것이라 생각했다. 그러나 인하는 달랐다. 그날 집으로 가는 길에 인하는 내게 사랑이 뭔지 도저히 모르겠다고 했다.

사랑이 뭔지 모르겠다······. 집에 도착해 국어 문제집을 펴며 나는 그럼 인하가 하고 있는 것은 사랑이 아닌 무엇인지, 애인을 백 명 정도는 만나야 사랑이 뭔지 알 수 있는 것인지 생각했다. 시간이 지나 내가 느낀 것은, 인하에게 인하가 갈구하던 사랑이란 것을 준 남자는 단 한 명도 없었다는 것이었다. 인하는 로맨스가 불가한 인간들과 로맨스를 꿈꾸고 있었다.

— 내가 예전에 사랑이 뭔지 모르겠다고 했잖아. 기억나?

한동안 이어진 침묵을 깨고 인하가 말한다. 인하가 옛날이야기를 꺼내는 것은 오랜만이었다.

— 당연히 기억나지.

— 그 말 지금 생각해보면 정말 오글거리는 것 같아.

— 뭐. 그땐 나도 똑같아서, 되게 심오하다고 생각했었어.

— 요즘은 이런 생각이 들어. 내가 죽기 전까지 진짜 사랑을 느껴보기라도 할까? 싶은 거야. 아니면 원래 사랑이 이렇게 역겨운 건가. 아니면 내가 무언가 대단히 잘못되어있는 인간이라 이상한 사람들만 만나는 건가.

인하는 그렇게 말하며 웃는다.

— 이젠 사랑 같은 건 필요 없으니까. 그냥 누가 나를 좋아하고 보고 싶어 하고 안아줬으면 좋겠어. 비싼 선물도 필요 없어. 나를 때리지 않고 욕하지 않고 손가락을 집어넣지도 않고. 그저 내 몸을 아껴주고 나한테 웃어줬으면 좋겠어. 나를 사랑하지 않아도 괜찮으니까.

인하의 말은 온통 모순이다. 인하가 스스로 말한 것이야말로 사랑의 표현들에 가까워 보이는데 사랑이 없어도 괜찮다니. 사랑해서 나올 수 있는 행동들을 사랑 없이 해도 인하는 정말 괜찮은 것인가? 그렇게 되기까지 인하는 얼마나 많이 무너지고 무뎌져야 했을까.

사랑의 여집합에 사는 인하와 나란히 앉아 술을 마신다. 나는 인하의 말을 들으며 어쩐지 자꾸만 얼굴이 뜨거워지며 눈물이 날 것만 같았다.

사랑하는 내 친구 인하와 다시 오래전으로 돌아가, 좁은 골목길에 쪼그려 앉아 설레는 마음으로 빵 포장을 뜯고 띠부띠부씰을 꺼내 보고 싶었다. 삐뚤삐뚤하게 그은 네모난 칸 위에 그날 모은 띠부띠부씰을 붙이고 싶었다. 오래전 띠부띠부씰을 붙일 때 인하는 무엇이 그리 즐거운지 자꾸만 헤실헤실 웃었다. 그때의 모습보다 인하가 더욱 웃을 날이 많았으면 좋겠다고 생각했지만, 시간은 너무도 많이 흘렀고, 이젠 우린 띠부띠부씰을 모으지 않으며, 조금은 덜 유치한 인간이 되었다. 사랑이란 게 뭔지 모르겠어, 같은 유치한 말을 하지 않는. 그러나 잔뜩 풀죽은 얼굴로 이젠 사랑 같은 것은 필요 없다고 말하는 상처 많은 인간이 된 것이다.

기쁜 표정보다 우울한 표정을 더 많이 짓는 내 얼굴을 생각한다. 나와 비슷한 얼굴을 한 인하가 칵테일 잔을 입으로 가져간다. 속상함인지 슬픔인지 취기인지 모를 것으로 내 얼굴은 붉어지고, 나는 인하의 작은 손을 잡는다.

4月

화, 이화

 이화를 만났을 때, 나는 이미 싱가포르의 더운 날씨 때문에도, 쉽게 알아듣기 힘든 싱가포르식 영어에도, 그리고 혼자 다니는 여자들을 표적으로 말을 걸어오는 남자들에게도 무척 지쳐 있던 상태였다. 이미 싱가포르로 가는 비행기에서, 옆자리에 앉았던 중년 아저씨가 여행 경로가 비슷하니 저녁을 사주겠다고 할 때부터 기분이 나빠져 있었는데, 가든스바이더베이에선 더했다. 혼자 삼각대를 세워 놓고 사진을 찍고 있으니 내 또래로 보이는 남자가 사진을 찍어 주겠다고 다가왔다. 삼각대로 찍은 사진이 마음에 들지 않던 터라 휴대폰을 맡겼다. 남자는 내 사진을 몇 개 찍어 주더니, 자기 스타

일이라느니 예쁘다느니 하는 전형적이고 혐오스러운 작업멘트와 함께, 칠리크랩을 같이 먹으러 가지 않겠냐고 했다. 그러면서 지갑에서 명함을 꺼내 내미는 것이 아닌가.

명함은 또 웬 명함. 남자친구가 있다고 말하고 그 자리를 피하려는데 남자는 그럼 '좋은 친구'가 되자고 말하며, 칠리크랩은 양이 너무 많아서 혼자서는 다 못 먹을 것이니 함께 먹으러 가자고 말했다. 나는 그럴 생각 없다고 사양하며 도망치듯 그 자리를 빠져나갔다. 그런데 내 뒤를 졸졸 따라오는 것인지 뭔지, 가든스바이더베이 안에서 두세 번은 더 그 남자를 마주친 후 나는 조금 무서워졌고, 결국 여자 화장실에 한동안 틀어박혀 있다가, 식물원을 나가버렸다. 그러니까 여자 혼자 여행하는 일은 아주 귀찮고 거지 같은 일들이 함께 따라오는 것이었다.

가든스바이더베이를 예상보다 일찍 나오게 된 나는 지하철을 타고 몇 개의 역을 지나, 어느 역 사거리에 있는 카야토스트집을 찾아갔다. 싱가포르에 왔던 첫날, 엄청난 불친절로 날 주눅 들게 했던 그곳은 사람에게 치여 다니다 보니 어느새 마음의 고향, 비슷한 것이 되어 있었다.

세트 1번이요, 능숙하게 주문하고, 가게 주인 할아버지가 무신경하게 건네는 밀크티 컵을 척 받아들었다. 처음에 왔을 때는 탄산음료를 줄지 밀크티를 줄지 내게 물어보는 것도 특

유의 싱가포르식 영어 발음 때문에 알아듣지 못해 몇 번이고 되물어야 했었다. 사람이 별로 없는 그 후덥지근한 카야토스트집에서 나는 그 어느 때보다 편안했고, 여기선 아무도 나에게 말을 붙일 일이 없다는 것에 안도감마저 느끼고 있었다. 달콤한 카야토스트를 씹고 있는데 옆에서 누군가가 저기요, 라고 말을 붙였다. 조금 짜증스럽게 옆을 바라보는데, '저기요'는 나처럼 미러리스 카메라를 목에 걸고 있는 여자였다.

여자는 내게 혼자 여행을 왔는지 묻고, 칠리크랩을 먹으러 가려고 하는데 혼자 먹기엔 아무래도 양이 많아서, 아직 칠리크랩을 먹지 않았다면 같이 갈 의향이 있냐고 물어봤다. 싱가포르에 이미 삼일 정도 있었는데, 이젠 동행을 구해서 좀 함께 다니고 싶다는 것이었다.

— 그런데 여행 카페 같은 데 올리면 꼭 남자가 연락이 와서요. 그거 거르는 것도 일이라, 실례지만 물어봤어요.

내게 그 제안을 받아들이지 않을 이유는 없었다. 나도 이미 홀로 싱가포르를 이틀간 여행하며 혼자 여행에서 얻을 수 있는 충분한 고독을 맛본 참이었다. 게다가 아직 칠리크랩을 먹지 않았는데, 아까 내 기분을 나쁘게 만든 남자와 지금 내 앞에 있는 여자의 말에 따르면 칠리크랩은 분명 혼자 먹기엔 양이 많은 것이 분명하니까. 게다가 목에 걸고 있는 미러리스 카메라가, 왜인지 생전 처음 본 사람인데도 마음에 편안함을 주었다. 함께 칠리크랩을 먹으러 가기로 하고, 카야토스트집을 나오며 여자는 자신의 이름이 이화라고 소개했다. 나는 이름이 화인지 이화인지 물어보려다 그만두었다. 그땐 어차피 칠리크랩만 같이 먹고 하루쯤 놀다 헤어질 사이라 생각해서였다.

칠리크랩 가게 쪽으로 가기 위해 싱가포르의 강변 길을 걸었다. 그동안 이화는 쉴 새 없이 말을 했다. 세계여행을 하는 중인데, 불과 일주일 전까지만 해도 유럽에 있었고, 이제 싱가포르를 비롯한 동남아 나라들을 여행한 후 한국으로 돌아갈 것이라 했다. 이화의 여행 이야기는 그 이야기만 들어도 하루가 금방 갈 것 같을 정도로 재미있었다. 이화와 나는 뜻밖에도 동갑이었으며, 그 사실은 이화와 내가 급속도로 친해지는 계기가 되었다. 강변 길이 끝날 때 즈음 이화가 말했다.

— 여기, 유난하지?
— 뭐가?
— 남자들이 작업거는 거 말야.
— 그러게. 한국보다 조금 더 심한 정도?
— 여긴 여행 온 한국인들이 많아서 더 해. 뭐, 다른 나라들은 보통 외국 사람들이 휘파람 불고 지나가지만. 싱가포르에

선 한국에서 여행 온 남자들이 아예 만남을 요구하니까.

나는 이화에게 가든스바이더베이에서 나를 따라오던 남자 이야기를 했다. 남자친구가 있다고 해도 그럼 좋은 친구가 되자며 말을 이어갔던 남자 말이다. 이화는 내 이야기를 들으며 조금 화난 듯해 보였다. 진짜 나쁜 새끼라며 욕을 하고, 이화는 한동안 복잡한 표정으로 걷기만 하더니, 몇 개의 골목 모퉁이를 더 돌고 나서 말했다.

— 언제쯤 우리가 피하지 않을 수 있을까. 똥이 무서워서 피하는 게 아니라 더러워서 피하는 거라지만, 그렇게 스토킹하는 남자가 똥보다 최악인 건 더럽고 무서워서 피하는 거란 점인데.

— 안 좋은 거 두 가지를 다 가졌네.

내 대답에 이화는 조금 웃으며 대답했다.

— 그렇지.

이화와 향한 곳은 칠리크랩 가게가 오밀조밀 모여 있는 넓은 공터였다. 모든 가게가 가게 밖으로 테이블을 놓아둬 야외에서 칠리크랩을 먹을 수 있었다. 해가 뉘엿뉘엿 질 무렵에 우린 그곳에 도착했고, 이화는 여기선 27번 집이 제일 맛있다고 들었다며 뚜벅뚜벅 걸어 27번 집으로 날 이끌었다. 우린 한국어로 '안녕! 여긴 맛있는! 칠리크랩!'이라는 말이

쓰여 있는 괴상한 디자인의 메뉴판을 살펴보다, 칠리크랩 하나와 볶음밥, 그리고 코코넛 음료를 주문했다.

칠리크랩은 역시나 혼자 먹기엔 양이 많았다. 이화가 아니었다면, 반 정도는 분명 남기고 일어서야만 했을 것이었다. 칠리크랩을 먹으며 우린 사진 이야기를 했다. 이화도, 나도 사진 찍기를 막 시작한 단계였지만 나보단 이화가 조금 더 오래 찍은 편이었다. 이화는 대학교 때부터 사진동아리를 했으며, 스냅사진을 찍어 주는 외주도 한 경험이 있었다. 우린 같은 취미를 가지고 있었고 가장 좋아하는 영화도 같았다. 우린 사진과 영화 이야기를 계속했고, 칠리크랩 접시가 바닥나는 동안 나는 어쩌면 혼자 떠난 싱가포르 여행에서 얻은 가장 큰 수확이 이화를 만난 것일 수도 있다는 생각을 했다. 입가에 묻은 칠리크랩 소스를 휴지로 쓱 닦아내며 이화는 물었다.

— 그런데 남자친구랑 만난 지 얼마 됐어?
— 일 년쯤.
— 그렇구나.

이화는 고개를 끄덕였다. 내가 물었다.

— 너는?
— 음.

이화는 조금 망설이더니 대답했다.

— 나는 만난 적 없어.

그렇구나, 이화처럼 대답하며 나는 코코넛 음료를 한 모금 넘겼다. 이화는 세계여행 이야기를 다시 시작했다. 나는 이화와 한국에서도 언제든 만나 다시 이야기를 듣고 싶다는 생각을 했다. 이화는 누구든 친구가 되지 않고서는 못 배길 정도로 매력적이었고, 무슨 주제든 이야기보따리를 풀어놓는 재미있는 사람이었다. 특히 유럽에서 지갑을 소매치기당해 돈이 통째로 없어져 버려, 당장 쓸 돈을 벌기 위해 거리에서 생목으로 노래를 불렀다는 말을 들으면서는 이화에게 감탄하지 않을 수가 없었다.

문득 혼자 여행하는 이유를 묻는 이화에게 나는 딱히 이유를 말할 수 없었다. 그냥, 혼자 여행하고 싶었을 뿐이었다. 먹고 싶은 것을 먹고, 자고 싶을 때 자고, 여행지를 구경하고 싶을 때 구경하는 여행. 오로지 내 생각만 하는 조용한 시간을 원했다. 이화에게 그 질문을 되물어보자, 이화는 스스로를 미워하지 않기 위해 여행을 떠나왔다고 했다.

— 왜 잘못은 소중한 사람들에게만 저지르는 걸까.

깊게 설명할 수는 없지만 이화는 과거에 저질렀던 실수가 있고, 그 모든 것은 이화의 탓이었으며, 그래서 가장 친한 친구를 잃었다고 했다. 가끔 그때를 떠올리면 자신이 너무 미워질 때가 있고, 그럴 때면 살던 곳에서 최대한 멀리 도망치곤 한다는 것이었다. 나는 이화에게 그 일이 정확히 어떤 것이었는지 묻지 않았다. 이화가 겪은 것은 다시는 돌이킬 수 없을 종류의 일이었다. 감당하지 못할 슬픔에 대해 듣게 되면 그것에 대해 아무것도 말하지 못하는 상태가 된다. 나는 포크를 공연히 쥐었다 펴며, 위로의 말을 찾지 못해 그저 가만히 있었다. 이화는 스스로와 완전히 화해할 수는 없지만, 지금은 어떻게든 자신을 좀 더 사랑해 보기 위해 노력하고 있다고 했다.

칠리크랩 가게에서 일어날 때 즈음 이화는 한국으로 돌아가면 한국에서도 보자고 말하며, 내게 덧붙였다. 아까 내가 했던 질문에 대해 좀 더 정확히 대답하자면 자신은 레즈비언이고, 그렇기에 남자를 사랑한 적이 없으며, 자신의 애인은 항상 여자였다고 말이다. 그렇구나, 나는 대답했다. 이미 내겐 몇몇 레즈비언 친구들이 있었으며, 그런 고백을 들을 때 나는 아무 생각도 들지 않았다. 하지만 이화는 나와 불과 만난 지 반나절도 안 되었을 때였으므로, 그 말을 하며 조금 내 눈치를 살폈고, 나는 이화에게 그럴 필요가 없다고 말 하고 싶었지만 굳이 그러지 않았다.

날은 완전히 저물었고, 나는 이화와 더 오래 함께 시간을 보내고 싶었다. 이화의 숙소 일 층 로비에서 맥주 한잔을 하기로 했다. 우린 지하철을 타지 않고, 몇 개 정도의 역을 걸어 지나갔다. 홀로 걷기엔 꽤 먼 거리였지만 이화와 함께 걸어 나는 그 길이 전혀 멀지 않게 느껴졌으며, 우리가 벌써 지하철 역 몇 개 정도를 걸어서 왔다는 사실조차 모르고 있었다.

이화의 숙소는 차이나타운 근처에 있었다. 숙소 일 층에서 우린 맥주 캔 하나씩을 들고 건배를 했다. 혼자 있고 싶어 떠나온 여행에서, 어쩌다 보니 나는 또 둘이 되어 있었다. 하지만 고독을 느끼기엔 지난 며칠이면 족했다. 세상은 평생 홀로 지내기엔 너무 길고 고단하다. 이화와 시원한 맥주를 들이켜며 바라본 창밖엔 차이나타운의 붉은 등이 환히 빛나고 있었고, 물건을 파는 사람과 흥정하는 사람의 시끌벅적한 소리가 들려오고 있었다. 이화는 붉은 등을 한동안 바라보다, 내게 말했다.

— 나는 아직도 그게 실감이 안 나. 걔가 티끌 하나 없이 사라졌다는 게. 먼 곳으로 떠나면 어딘가에 걔가 있을 것만 같았어.

이화는 그렇게 말하며 덧붙였다.

— 어쩌면 모든 게 내 문제일 지도 몰라. 어렸을 때 키우던 병아리도 얼마 못 가 죽었고, 어머니는 돌아가셨어. 좋아했던 물건을 잃어버린 적은 너무나 많아. 그럼 앞으로의 시간

들이 더, 까마득히 두려워져. 내가 한때 소중하게 여겼던 모든 것들이 점차 사라져가고, 이젠 흔적도 남지 않고 이 세상에서 없어져 버리는 거야.

이젠 앞으로 언제 또 올지 모르는 그 순간을 견뎌내기 위해 지금부터 열심히 노력해야만 한다고 이화는 말했다. 나는 이화의 말을 들으며, 언젠가 나에게도 다가올 소중한 것들과의 이별을 떠올렸다. 그것은 분명히, 혼자 견디기엔 너무 외롭고 가혹한 것이었다.

— 노력이라면, 어떻게 노력하는 거야?

— 모든 게 눈을 감았다 뜨면 사라질 수 있다고 생각하는 거야. 그러면 순간순간에 최선을 다하게 돼. 아무한테도 마음을 주지 않겠다고 생각해도 그러기 쉽지 않으니까. 어떻게든 함께 가야지. 순간순간에 최선을 다해서.

그날 나는 이화의 숙소에서 함께 잠에 들었다. 이화는 어린 고양이처럼 내게 안겨있었고, 아주 좋은 향기가 났다. 다음 날 나는 이화에게 남은 이틀도 같이 다니자고 제안했고, 이화는 잠시 생각하다 그러자고 했다. 이화는 나보다 하루 먼저 싱가포르를 떠나는 일정이었고, 우리에게 남은 이틀 동안의 시간 동안 우린 마리나베이샌즈니 머라이언파크니 하는 관광지들을 함께 다녔다. 그 모든 순간에, 나는 이화가 십 년은 넘게 아는 친구처럼 편했다.

이화가 싱가포르를 떠나는 날, 나는 이화를 공항까지 배웅해 주었다. 십 분 남짓 남은 비행기 탑승 시간을 기다리며 나는 이화에게 휴대폰을 건넸다.

— 번호 찍어 줘. 한국에서도 보자.

하지만 이화는 망설였다. 왜 그러냐고 묻는 내 물음에도 이화는 나와 시선을 마주치지도 않고 아무 대답도 하지 않고 있다가, 땅바닥을 바라보며 말했다. 그러니까, 이화의 말에 따르면 나는 분명 자기 스타일이 아니었고, 그저 편한 친구라 생각했으나, 언제부턴가 그게 아니게 되어버린 것 같다는 것이었다. 나는 이화의 말을 들으며 아무 말도 할 수 없었다. 사람의 감정은 쉴 새 없이 변하고, 산처럼 변화가 없던 관계도 하루아침에 변할 수 있다. 언제부턴가 변한 이화의 감정에 나는 아무런 잣대도 들이밀 수 없다. 그저 나는 받아들여야만 했다. 이화와 삶의 끝까지, 좋은 친구가 되고 싶은 내 생각과는 별개로 이화는 나를 사랑했으니까.

이화는 캐리어를 잡고 일어서며 덧붙였다.

— 이것도 내 잘못이야. 여기서 끝내지 않으면 내가 더욱 괴로워질 것 같아. 미안해.

그렇게 말하는 이화의 금방이라도 울 듯한 표정을 보고, 나는 이화에게 내밀었던 휴대폰을 다시 거두었다. 우린 서로의 연락처를 교환하지 않았고, 곧 이화가 탈 비행기가 탑승을 시작한다는 안내방송이 흘러나왔으며, 어수선한 분위기 속에서 이화는 발걸음을 돌려 탑승구로 걸어가기 시작했다. 나는 이화가 남긴 말을 짐처럼 끌어안고 그 말을 계속 곱씹고 있었고, 그 사이에도 이화는 내게서 점점 멀어지고 있었다.

이화가 캐리어를 끌며 공항을 홀로 터벅터벅 걸어가는 것을 보며 나는, 진심으로 이화와 친구가 되고 싶었다. 이화의 눈물을 닦아 주고 싶었다. 이화 옆으로 달려가 함께 걸으며, 오늘 날씨가 덥니 춥니 하는 시시콜콜한 대화들을 하고 싶었다. 그러나 이화가 내게 마음을 내보인 이상 더는 그럴 일은 없을 것이다. 모든 관계는 두 사람이 같은 마음일 때만 유지되는 법이니까.

이화가 내게서 멀어져가고 나는 무너져 내리지 않기 위해 내 캐리어 손잡이를 붙잡았다. 멀어지는 이화의 뒷모습을 바라보며 나는 벌써 이화를 그리워하고 있었다. 그리고 이화가 내 시야에서 사라질 때 즈음 나는 이화의 이름이 화인지 이화인지 여전히 모르고 있다는 사실을 깨달았다. 이화와 나는 사진과 삶과 사랑에 대한 많은 대화를 나누었으나 이화는 내게 끝까지 화, 또는 이화로 기억될 수밖에 없다. 그리고 더는 긴 인생에서 이화를 다시 볼 수 있는 일은 없을 것이다……. 내가 만났던 화. 내가 만났던 이화. 내가 좋아하던 화, 이화.

어쩐지 나를 둘러싼 세계가 온통 낯설어지고, 내게 단 하나 낯설지 않은 것은 캐리어 손잡이를 붙잡은 내 손에 전해져오는 차갑고 서늘한 철제 캐리어 손잡이의 감촉뿐이었다.

딥 씨

바닷물이 출렁인다.

나는 지느러미를 흔들며 바다 밖으로 나온다. 밖은 이미 해가 지기 시작해 노을빛으로 물들고 있다. 바다 밖에 있을 수 있는 시간은 짧다. 게임 속 시간으론 삼십 분, 현실 시간으론 삼 분 남짓한 시간이다. 짧은 시간 동안 나는 지느러미를 허우적거리며 헤엄쳐 겨우 뭍에 닿고, 통통 점프해 바닷물에 절은 모래를 꼬리로 박차며 썬베드가 있는 곳까지 당도한다. 뭍으로 나오자마자 육지에 있을 수 있는 시간을 표시하는 모래시계가 돌아가기 시작한다. 밖으로 나와 돌아본 바다는 짙푸르고, 어떤 것이 숨겨져 있는지 가늠할 수 없을 정도로 고요하다. 파도가 철썩일 때마다 하얀 거품이 부서진다. 주황색 썬베드에 죽은 듯 누워, 바닷속에서 나와 함께 부대끼며 살고 있었던 것들을 생각한다. 말미잘 집과 해파리, 나와 같은 흰둥가리들. 가끔 오는 상어니 향유고래니 하는 대형 어종들과, 수도 없이 떠밀려 내려오는 각종 쓰레기들.

예전엔 파티원들과 함께 쓰레기들을 치우는 말미잘 수호전 같은 것도 있었는데, 지금은 그럴 파티원을 찾아볼 수 없다. 쓰레기를 치우지 못하고 계속 쌓이기만 하니, 내가 사는 말미잘 근처도 온통 쓰레기다. 여긴 쓰레기에 지속적으로 노출되면 생명력이 깎이는 시스템이 있어, 지금까지 얼마나 높은 레벨을 달성했든 언젠가는 죽게 될 것이다. 하지만 그렇다고 오래 살고 있던 정든 말미잘을 쉽게 떠날 수도 없는 노릇이었다.

여기까지 들으면 예측할 수 있겠지만, 〈딥 씨〉는 망한 게임이다.

망한 게임이라고 하는 이유는 분명하다. 먼저 유저들의 수가 너무나 많이 줄었다. 한때 〈딥 씨〉의 바다가 온갖 종류의 해양 생물들로 가득 차 있던 적이 있었다. 썬베드로 나오면 예쁜 이름을 가진 온갖 해양 생물들이 온통 그 근처에서 북새통을 이루고 있었다. 우린 그렇게 한참을 놀다 다시 바닷속으로 뛰어들었다. 현실에서 바다에 뛰어들면 숨이 막혀 죽겠지만, 〈딥 씨〉에서는 바다로 풍덩 뛰어들면 비로소 일상이 펼쳐졌다. 이 간단한 구조가 나를 비롯한 많은 유저들을 〈딥 씨〉에 빠져들게 했다. 바다에 뛰어들면 보이는 눈앞을 지나가는 열대어들의 행렬과 알록달록한 네온테트라, 환하게 불을 켜놓은 상점들과 일렁이는 수초, 곳곳에서 수없이 뭉게뭉게 떠오르던 버블 형태의 대화창들이 눈에 선하다. 하지만 요즘은 지나가는 다른 해양 생물들 -유저- 을 보기도 쉽지 않을 지경이다.

〈딥 씨〉는 기본적으로 해양 생물 중 하나를 선택해, 그것으로 바닷속의 인생을 살아가는 MMO RPG 게임이고, 힐링을 가장 중요한 요소로 내세운 PC 게임이다. 바쁘고 힘든 현실에서 잠깐 벗어나 바닷속에서 여러 해양 생물들과 만나 말미잘 집을 청소하고 서로의 말미잘 집에 놀러 가고 새로운 해류에 몸을 맡기는 등 평화로운 일상을 보낸다는 것이었다. 그런데 여기에, 힐링과는 거리가 먼 PVP 시스템이 존재한 것이 화근이었다.

바닷속 깊은 곳으로 향하면 PVP 지역으로 갈 수 있었다. 애초에 개발사는 힐링 RPG에 더해 일정 구역에선 PVP도 '원한다면 할 수 있다'라는 컨셉이었지만 이 PVP에서의 캐릭터 간 밸런스 문제가 PVP를 즐기는 유저들 사이에서 끊임없는 문젯거리로 떠올랐다. 뿐만 아니라 PVP를 하지 않는 유저들도 특정 스토리 퀘스트를 완료하기 위해선 PVP 구역으로 가 퀘스트를 진행해야만 했었는데, 여기서 PVP 유저들이 스토리 퀘스트를 깨러 온 유저들을 마구잡이로 PK하는 일이 발생하기도 했다.

〈딥 씨〉의 메인 홈페이지 토론 게시판에선 항상 이 문제에 대해 분노한 유저들의 게시글이 올라왔다. 개발사는 후자의 경우 스토리 퀘스트 지역을 변경하는 것으로 투박하게 해결했으나, PVP를 위해 캐릭터 간 밸런스 문제를 해결하자니 오히려 게임을 통째로 뜯어고치는 게 나은 상황이었다. 백 종이 넘는 해양 어류들의 밸런스를 잡는 것은 정말이지 불가능에 가까워 보였다. 게다가 종종 추가되는 신규 캐릭터의 오버스펙은 또 다른 오버스펙을 불러오고 가위바위보처럼 서로 보완하며 맞물려야 할 상성은 결국 망가져 버렸다.

〈딥 씨〉는 결국 방향성을 확실히 정하지 못한 채, PVP를 즐기는 유저도, 힐링 게임을 원하는 유저도 만족시키지 못했다. 유저 수가 매달 놀라운 속도로 빠져나가자, 개발진은 유저 피드백을 받는다고 간담회를 열었다. 그러나 간담회가 열리고, 유저들이 목소리를 내고, 다음 패치에선 유저들이 낸 목소리가 무색할 만큼 하나도 반영되어 있지 않은 놀라운 상황을 도돌이표처럼 반복하다 결국 어느 순간부턴 패치조차 활발히 이루어지지 않는 온라인 게임이 되었다. 패치노트는 가뭄에 콩 나듯 올라오지만 그 주기가 점점 길어지고 있고, 어느 순간부턴 유저 수가 빠져나가는 와중에도 매달마다 하던 -그래서 더 욕을 먹던- 현란한 유료아이템 프로모션 이벤트도 점점 사라지고 있었다.

  하지만 나는 〈딥 씨〉를 좋아한다. 그렇지만 그 이유를 말로 설명하기는 힘이 든다. 〈딥 씨〉를 싫어할 이유는 아주 분명해 삼십 분 내내 〈딥 씨〉의 문제점에 대해 떠들 수 있다. 부족한 콘텐츠, 애매한 정체성, 아직까지 해결되지 않은 PVP 문제, 이젠 게임의 일부가 되어 버린 것만 같은 하찮고 많은 버그들. 하지만 〈딥 씨〉를 좋아하는 이유를 생각하기는 쉽지 않다. 어쩌면 무언가를 좋아한다는 것은 모두 설명하기 쉽지 않은 것일까.

  유저들이 잔뜩 떠나 온통 넓어진 바다를 내 것인 것처럼 헤엄치며 나는 이 〈딥 씨〉라는 바닷속에 남은 마지막 생물이 된 것만 같아 외로웠다. 따뜻한 해류에 몸을 맡기며 천천히 떠내려가며 나는 항상 끝을 생각하곤 했다. 그럼에도 불구하고 이 게임에 남은 나 같은 유저들은 언젠가 이 바다의 철썩임이 완전히 정지할 것이라 예상은 하고 있지만, 그와 별개로 이곳의 끝을 생각하는 것은 언제나 허망했다.

*

혼자 말미잘 속에 누워 시간을 보내다, 아껴두고 있던 〈딥 씨〉의 스토리를 진행해 보기로 한다. 나는 지느러미를 열심히 흔들어, 스토리 모드를 시작하기 위해 존재하는 다른 말미잘로 헤엄쳐 간다. 지금까지의 스토리는 '모나'라는 이름의 흰동가리와 결국 한 말미잘 안에 함께 살기로 하고, 모나가 낳은 우리의 알을 다른 포식자들로부터 열심히 지키고 있는 것이었다. 몇 번의 역경이 있었지만 모두 충분히 극복할 수 있을 만한 퀘스트였고, 그렇게 나는 우리의 알을 성공적으로 지키고 모나와 오래 사랑할 수 있었다. 지금쯤이면 귀여운 아기 흰동가리가 태어났을까?

오랜만에 찾아간 말미잘은 내가 사는 곳처럼 온통 쓰레기로 뒤덮여 있다. 나는 쓰레기에 몸을 부딪쳐 이리저리 대충 치워두고, 말미잘 안으로 들어간다. 거기엔 여전히 옛날에 봤던 모습 그대로인 것만 같은 수많은 알들이 있었고, 모나가 있었다.

스토리 모드가 시작했다는 알람이 화면 가득히 팝업되었다가 사라진다. 스토리 모드의 전체 열세 챕터 중에 이것이 열두 번째 챕터니, 이것을 포함해 두 개의 챕터만 더 완료하면 〈딥 씨〉의 스토리 콘텐츠를 모두 완료한 것이 될 것이다. 모나에게 가 대화를 걸면 스토리가 시작된다. 모나에게 헤엄쳐 가며, 나는 곧 스토리 모드가 끝난다는 것이 한편으론 너무나 아쉬웠다. 모나와 나의 이야기가 어떻게 끝나든, 나는 스토리를 즐기던 유저로서 모나와 나의 뒷이야기를 궁금해할 테니까. 하지만 마지막 스토리 업데이트가 작년 이맘때쯤이었으니, 엔딩 이후 에필로그 같은 것이 추가될 일은 없을 것이다.

모나에게 가서 말을 건다. 모나는 내게로 헤엄쳐 다가와 말한다.

— 어딜 갔다 온 거야? 좀 늦었네?

— 아, 미안해. 불가사리 상점에 가서 수초를 고르는데 쉽지가 않더라고. 그중에 제일 좋은 거로 사 왔어.

그러고 보니 지난 스토리에서 수초를 샀었지. 나는 모나에게 수초를 건네고, 모나는 수초를 받아들고 알로 다가가 알 밑에 수초를 깔아 둔다. 알들이 부드럽게 위로 들렸다가, 다시 가라앉는다.

— 고마워. 꽤 좋은 수초 같아.

— 고맙긴 뭘. 당연한 건데.

하지만 모나의 표정이 슬퍼진다. 뭐지, 수초에 숨겨진 문제라도 있나? 생각하는데 모나가 말을 잇는다.

— 나, 이 말미잘을 떠나기로 했어.

이건 무슨 생뚱맞은 소린가? 그것도 엔딩을 고작 두 회차 남겨 놓고 말이다. 다음 퀘스트가 무엇일지 나는 감도 잡히지 않는다. 예전까지는 모나를 위해 어떤 물건을 가져다주거나, 모나와 함께 말미잘에 일어나는 사소한 문제들을 처리하며 우리의 알을 지키거나 했는데 말이다. 그런 퀘스트들을 수행하면 모나는 기뻐했고, 경험치가 오르는 것과 별개로 나는 그 과정이 좋았다. 그런데 모나는 이제 이 말미잘을 떠나는 것을 바라고 있었다. 다음 퀘스트 창은 모든 대화가 종료된 다음에 팝업될 것이다. 내가 해야 할 다음 퀘스트는 대체 무엇이란 말인가?

— 떠난다고?

— 응.

— 어디로?

— 어디긴 어디야, 저 먼 어딘가지.

모나는 그렇게 말하며 지느러미를 흔든다. 저 먼 어딘가, 적어도 여기보단 나을 저 먼 어딘가라는 말이겠지.

— 그럼 우리 알은?

— 언젠가 작고 예쁜 아기 흰동가리들이 태어나겠지. 천적으로부터 잘 지켜야 해.

— 그 말이 아니잖아.

— 그럼?

나의 NPC는 구차하게 대답하기 시작한다.

― 이제부터 시작인 건데. 그러니까, 우리 아기 흰동가리들이 태어나면…….

― 나는 지금까지 최선을 다했어. 그런데 이젠 더는 즐겁지가 않아. 더 넓은 바다로 갈 거야. 너랑 말미잘 안에서 사는 건 이제 지쳤어.

게임이었지만 나는 그만, 할 말을 잃는다. 〈딥 씨〉의 내 캐릭터 흰동가리도 마찬가지인지 한동안 말이 없다. 모나가 떠나는 것은 내가 바꿀 수 없는 사건인 것인가.

― 밖으로 나가서 오래 헤엄칠래.

― 모나…….

내 흰동가리의 대사를 마지막으로 선택지가 팝업된다. 나는 반쯤 죽어버린 느낌으로 그 선택지들을 훑는다. 선택지들은 구구절절 길었지만 결국에는 이렇게 요약될 수 있었다. 1. 모나를 붙잡는다. 2. 모나를 보내준다. 과연 내 흰동가리는 1번을 선택할 권리가 있을까? 만약 내가 스토리 모드를 진행하지 않고 바깥에서 혼자 보낸 시간들이 모두 모나가 한 떠난다는 선택에 영향을 미치고 있었다면. 내가 오지 않던 긴 시간 동안 모나는 계속 홀로 알들을 지키고 있었다면, 내겐 1번을 선택할 권리 따윈 없었다.

하지만 관대한 〈딥 씨〉는 내게 두 가지 선택지를 주었다. 그러나 만약 내가 정말 이 흰동가리라면 나는 사랑하는 모나를 2번을 선택해 이토록 깔끔하게 보내줄 수 있을까? 내게 1번을 선택할 권리가 있는지 없는지와는 별개로 마음 한편에서부터 모나를 붙잡고 싶은 생각이 든다면 그것은 모나를 사랑하기 때문일 것이었다. 그러나 모나를 사랑한다는 이유로 모나를 붙잡는 것은 결국 모나를 옭아매는 이기적인 행동이다. 그런 생각의 흐름은 결국 모나를 사랑한다면 모나를 붙잡고 싶어도 결국 보내주어야 한다는 결론에 도달한다.

한동안 고민하다, 2번 선택지를 선택한다. 내 흰동가리가 말한다.

— 모나, 알겠어. 정말 많이 슬프지만, 어쩔 수 없어. 네가 원한다면.

내 말에 모나는 나를 한동안 바라보다 말한다.

— 고마워.

— 모나, 조심해. 이 말미잘에서 오래오래 헤엄쳐 가면 거긴 위험한 것들이 많아. 특히 아주 깊은 다크마리나 해협엔 상어들이 자주 온다구. 뼈도 못 추릴 거야.

— 응 괜찮아. 그리고, 알잖아. 내 몸집은 작아도 내 그림자는 고래만큼 크니까.

그 말은 예전에 내가 모나에게 했던 말이다. 나는 잠시 침묵하다 묻는다.

— 정말 괜찮아?

— 응, 당연하지. 뭐든지 여기선 순식간에 가까워지고 순식간에 멀어지는 법이니까. 해도 밤이 되면 구름에 가려지고, 파도도 밀려왔다가 다시 밀려가. 그걸 보면서 생각했어. 그게 이 넓은 바다의 법칙이라고. 그래서, 나는 괜찮아.

— 그럼 언젠가는 다시 우리가 또 가까워질 수도 있을까.

— 바다의 법칙이라면.

모나는 그렇게 말하고, 내게 다가와 덧붙인다.

— 그럼, 잘 있어.

모나의 입에서 뻐금뻐금 나온 기포가 채 사라지기도 전에 모나는 말미잘 밖으로 사라진다. 나는 모나를 뒤따라가 출렁이는 말미잘 한가운데서 바다를 바라보지만 모나는 이미 작은 점이 되어 사라진다. 모나가 마지막으로 보인 곳으로 헤엄쳐 간다. 그러나 모나를 볼 수는 없었다. 이것이 도대체 힐링 게임 콘텐츠에 어울리는 시나리오인가? 나는 한동안 컴퓨터 앞에 앉아 멍하게 다음 퀘스트를 기다렸지만 스토리가 끝나면 팝업되어야 할 퀘스트는 뜨지 않는다. 설마, 버그인가?

〈딥 씨〉 커뮤니티로 가서 스토리모드에 대한 글을 뒤진다. 열두 번째 챕터를 끝내고 열세 번째 챕터로 넘어갈 때 퀘스트가 주어지지 않는 버그가 있다는 글이 몇백 개를 넘어간다. 나는 그만 맥이 빠져 의자 깊숙이 몸을 기댄다. 열세 개의 챕터가 끝나면 결말을 볼 수 있는 것이 당연한 것인 줄 알았으나, 결국 〈딥 씨〉의 업데이트가 있지 않은 이상, 나는 스토리모드의 결말을 영원히 볼 수 없는 것이었다. 떠난 모나가 다시 돌아오는지, 떠난 모나를 위해 내가 무엇을 할 수 있는지, 우리의 알은 어떻게 되는 것인지 나는 그 무엇도 확신할 수 없었다.

*

바닷물이 출렁인다. 내가 여기서 소중히 가꾼 작은 것들을 살펴본다. 예쁜 말미잘 집, 알들, 지금은 접속 중이지 않지만 한때 교류했던 수많은 해양 생물들, 온갖 사소한 아이템들과 높은 레벨. 아무도 없는 망망대해를 홀로 헤엄치다, 게임 종료 버튼을 누른다. 내가 이 바닷속에 머무르는 것은 점점 더 힘들어 보인다. 하나의 거대한 흐름이 소멸해 가거나, 한 시대가 저무는 변화의 끝에 있는 존재는 언제나 외롭다. 모두가 떠나간 어수선한 폐장 분위기에 홀로 미련이 가득한 채 좌판 사이를 지치지도 않고 거니는 것이 나였다.

공식 홈페이지에 접속한다. 버그리포트 게시판에 글을 쓴다. [스토리모드 챕터 12 이후 퀘스트가 부여되지 않는 버그가 있습니다.] 게시글 등록 버튼을 누르고, 내 아래로 달린 가장 마지막 버그리포트 답변은 작년을 기점으로 멈춰 있는 것을 확인한다. 개발자도 떠난 게임에 남아 도대체 뭘 하겠다는 건가, 웃음이 나오지만 아마 나는 내일도 그다음 날도 〈딥 씨〉에 접속할 것이다. 모나가 돌아올 때까지, 혹은, 내가 몸담은 바다의 철썩임이 끝날 때까지.

6月

바닐라 천사

천사는 여느 때와 다름없이 불면에 시달리던 어느 날 밤에 찾아왔다. 나는 그것에게 천사 대신 더 그럴싸한 이름을 붙여 주고 싶었지만 달리 방법이 없었다. 그것은 우리가 흔히 생각하는 전형적인 천사의 모습 그대로였다. '천사 날개'라는 말 밖에는 다르게 표현할 수가 없는 하얀색 날개 한 쌍과, 머리 위에 둥둥 떠 있는, 마찬가지로 '천사 고리'라는 말 밖에는 다르게 표현할 수가 없는 고리 하나. 고리는 당연히 하얗게 빛난다. 천사도 고증이 잘 된 천사는 날개 모양이 다르고 색깔도 다르다고 어디서 들었던 것 같은데, 생각하며 나는 내 눈앞의 이 천사가 흔한 천사의 클리셰를 충실히 따른

'기본형 천사'가 아닌가 생각했다.

천사는 내가 그런 생각을 하는 동안 별 것 없는 내 방을 빙 둘러보았고 -천사가 고개를 돌리거나 둥둥 떠 이동하는 동안 날개가 하늘하늘 펄럭였다.- 오래 닦지 않아 먼지가 쌓인 커피포트 앞에서 잠시 머물다, 피사의 사탑처럼 위태롭게 쌓여 있는 햇반 더미들을 한동안 바라보더니 내 침대 머리맡에 와서 섰다. 가까이서 본 천사는 조금 힘겨워 보였으며 한편으론 모든 것에 무관심하게 지쳐 보이기도 했다.

나는 천사와 같은 표정을 많이 본 적이 있다. 평일 저녁마다 가는 카페 아르바이트에서였다. 카페는 지하철역 근처에 있어, 저녁 여섯 시나 일곱 시 무렵이 되면 통유리창 밖으로 퇴근하는 직장인들을 원 없이 볼 수 있었다. 반복적인 하루에 지치고, 일에 압사당해 그 어느 것에도 무감해진 얼굴들. 그러니까 천사의 표정은 저녁 시간 지하철로 우르르 쏟아져 나오는 직장인들의 그것과 하나도 다를 바가 없었다. 내 머리맡의 천사는 아무 말이 없었고, 나는 내 볼에 닿을 듯 늘어져 있는 천사의 순백색 날개를 바라보다 뜻밖에도 날개 끝부분이 조금 찢어져 있는 것을 발견하게 되었다. 그러고 보니 천사는 살짝 왼쪽으로 몸이 기울어진 채 둥둥 떠 있었다. 나는 벌떡 침대에서 일어나 책상으로 다가갔고, 거기서 되는대로 책을 집어 한 장을 북 찢었다. 그리고 침대로 돌아와,

찢은 책장을 날개 모양으로 공들여 접어 천사에게 종이 깃털을 붙여 주었다. 세 개의 종이 깃털을 다는 동안 천사는 아무 말도 하지 않았고, 마지막 깃털을 단 후 나는 물었다.

— 어때요? 괜찮아요?

천사는 대답 없이 날개를 움직였다. 팔랑팔랑, 한쪽으로 조금 기울어져 있던 천사는 점차 수평을 이루며 둥둥 떠 있게 되었고, 날개를 움직일 때마다 종이 깃털에서 챠르륵 소리가 났다. 천사는 한동안 제자리에서 날갯짓하다, 사라졌다. 나는 조금 전까지 천사가 있었던 허공을 바라보다, 책상으로 갔다. 아깐 정신이 없어서 확인해 보지 않은 책 표지가 그제야 눈에 들어왔다. 종이 세 장을 천사에게 도둑맞은 책은 파우스트였다. 놀라운 것은 책의 세 장이 뜯겨 나갔는데도 앞 장과 뒷장의 말이 이어질 듯 이어지지 않을 듯 말이 된다는 것이었다. 나는 천사의 등장으로 인해 새롭게 만들어진 파우스트를 조금 읽어보다, 다시 침대로 갔고, 오늘은 불면증에 시달리다, 날개가 찢어진 천사까지 본, 조금은 특별한 날이란 생각을 하다 잠에 들었다.

오레오 프라푸치노를 만들면서 나는 곱게 갈려 들어가는

오레오 조각을 바라본다. 조각조각난 오레오 쿠키가 박힌 프라푸치노를 손님에게 건네주고 진동벨을 꽂아 넣으며, 옆에서 아이스 아메리카노에 헤이즐넛 시럽을 넣고 있는 유진에게 어젯밤에 만난 천사 이야기를 할지 말지 고민한다. 밤에 자려고 누웠는데 천사를 만났어, 그런데 그 천사가 날개가 조금 찢어졌지 뭐야. 파우스트를 뜯어서 날개를 붙여줬어. 파우스트를 붙인 천사는 아주 잘 날았어, 여기까지 생각하다가 나는 이야기하길 관두기로 마음을 먹는다. 그리고 이야기하지 않겠다고 마음먹은 것을 보면, 나는 유진을 좋아한다. 아무래도 맞는 것 같다.

 유진에게 누가 봐도 거짓말 같아 보이는 이 천사 이야기를 마음 놓고 주절주절 떠들기엔 내키지 않았다. 나를 이상하게 볼까 봐 두려웠던 것이었다. 분명 나는 천사에게 파우스트 깃털을 달아 주었지만. 그것이 진실이든 거짓이든, 어제 내 방에 찾아왔던 천사에 대해 유진에게 말하면 다시는 유진과 나란히 서서 커피를 만들며 시시껄렁한 이야기를 할 수가 없을 것만 같았다. 고맙다는 말 한마디도 없이 파우스트를 달고 날아간 천사처럼, 나도 유진에게 천사에 대해 아무 말도 하지 않기로 생각할 때 즈음은, 우르르 왔던 손님들이 썰물처럼 빠져나간 뒤였다.

 유진은 벽에 비스듬히 기대서서 휴대폰을 들고 무언가를

확인한다. 나는 설거지를 시작한다. 매장용 컵을 깨끗이 씻어 좌우로 포개둔다. 유진이 휴대폰을 들고 벽에 비스듬히 기대 있는 그 자세 그대로 말한다.

— 그거 알아? 여기 근처에 있던 24시간 떡볶이 가게 말야.

나도 유리잔을 바라보며 말한다.

— 응.

— 이제 피자 가게로 바뀐대.

— 피자 가게?

— 루꼴라 피자도 팔고, 마르게리타도, 고르곤졸라도 팔아. 아예 화덕피자 전문점이래. 안에 엄청나게 큰 화덕이 있을 거야. 아마도.

— 잘됐네.

— 아쉽다.

잘됐네, 와 아쉽다, 는 거의 동시에 발화된다. 나-잘됐네-는 조금 당황해, 유진-아쉽다-을 바라본다. 뽀드득거리는 그릇 씻는 소리가 그치고, 뜻밖에도 내가 유진을 바라보는 것처럼 유진도 나를 바라보고 있었다. 왜? 내가 묻자 유진이 말한다.

— 그냥 뭐. 우리 거기서 떡볶이 많이 먹었잖아.

— 맛이 없었는데.

— 응. 진짜 맛없었지. 그런데 막상 없어진다니까 또 좀 아

쉬운 거야. 떡볶이를 파는데 24시간인 곳이 흔치는 않았잖아. 퇴근할 때 같이 가서 먹을 수 있는 몇 안 되는 곳이었는데. 뭐랄까, 새로 생기는 피자 가게가 줄 서서 먹는 맛집이 된다고 해도, 그 맛없는 떡볶이 가게가 생각날 것 같아. 그래서 아쉬워.

맛이 없었는데 왜 아쉬울까? 나는 그런 것들이 궁금해지만 더 이상 묻지 않는다. 유진에겐 자신만의 감상에 젖어 있을 시간이 필요해 보였다. 유진이 아쉽다면 아쉬운 것, 유진의 세상에서는. 나는 다시 유리잔을 씻기 시작한다. 어제 새벽, 사소한 호의로 아무 말이나 하는 것보다 오히려 아무 말도 하지 않고 있음으로 무언가를 말할 수 있다는 것을 천사를 만나고 배운 것도 같다. 어쨌거나. 똑같은 것을 두고 잘됐네, 라고 생각하는 나는 아쉽다, 라고 생각하는 유진을 좋아하고 있다. 다시 벽에 기대서서 휴대폰을 집어 든 유진이 말한다.

— 어쨌든 다음에 오픈하면 가 보자.

유진의 말은 쏴아아 쏟아지는 물줄기 소리 사이로 들려온다. 하마터면 유리잔 씻는 소리에 못 들을 뻔한 말이었다.

— 좋아.

그렇게 툭 내뱉고, 그래서 내가 좋다고 말한 것은 무엇이었는지 나는 생각한다. 유진과 함께 맛있을지 맛없을지 모르는 피자를 먹는 것이 좋은 것인지 유진이 좋은 것인지 유진이 피자 가게에 함께 가자고 말하는 것이 좋은 것인지 도저히 모를 일이었다. 어쩐지 그저 좋다고만 말한 스스로가 비겁하게 느껴져 유리잔을 더욱 뽀득뽀득하게 닦았다. 당연하게도, 그런 행동 또한 비겁하게 느껴졌다.

　당연히, 불면에 시달리는 밤이다.
　내 작은 방에 천사가 나타난 것은, 시간이 막 오전 네 시를 넘어갈 무렵이었다. 천사가 어제보다 늦게 온 것인지 빨리 온 것인지 나는 알지 못한다. 열두 시에 자려고 누워도 뒤척거리다 보면 몇 시간이 훌쩍 가 있으니까 말이다. 나는 내 방에 찾아오는 천사에게 이왕 두 번째 본 거, '천사'보단 좀 더 특정적인 이름을 붙여 주기로 한다. 한참 생각하다 나는 '바닐라 천사'라는 이름을 붙여 주었다. 게임으로 따지자면 딱 기본형 캐릭터니까. 바닐라 천사는 예전과 똑같이 먼지 쌓인 커피머신 앞에 둥둥 떠 있다가, 피사의 사탑처럼 쌓인 햇반 앞을 조금 서성이다 내 머리맡으로 다가온다. 천사의 날갯죽지 끝쪽엔 어제 내가 달아 준 파우스트 깃털 세 개가 달려 있다. 역시, 바닐라 천사였다.
　바닐라 천사는 어제 만났을 때보다 훨씬 힘겨워 보이는 얼굴이었으며 -월요일 저녁의 퇴근하는 직장인 정도로- 오늘도 아무 말도 하지 않을 줄 알았으나, 뜻밖에도 내게 말한다.

— 햇반이 뭔지 알아?

바닐라 천사가 내게 한 첫 말은 그것이었다.

— 햇반이요?

내가 되묻자 천사는 비스듬히 쌓인 햇반 더미를 가리킨다.

— 2분만 데우면 먹을 수 있다고 적혀 있던데.

천사 세계에서도 레토르트 쌀밥을 먹기로 작정한 건가? 나는 얼떨떨한 표정으로 바닐라 천사를 바라본다. 바닐라 천사는 반쯤 의구심에 잠기고 반쯤은 어딘가 지친 표정으로 -나는 천사라면 대부분의 시간을 선하게 웃고 있는 줄로만 알았다. 내가 오만했던 것이었다!- 묻는다.

— 정말 데우기만 하면 바로 먹을 수 있는 거지? 이 분 동안.

— 네, 정말요.

바닐라 천사는 내 대답에 그게 어떤 원리인지 물어보았다. 원리? 햇반을 매일 데워 먹으며 햇반의 원리 따위에는 관심을 가진 적이 없다. 모든 레토르트식품이 그렇지만. 나는 휴대폰을 들고 햇반 제조사의 위치를 검색해 알려준다.

— 여기로 가서 물어보세요.

— 고마워.

나는 다시는 바닐라 천사가 나를 찾아오지 않을 것이란 사실을 문득 느꼈고 -바닐라 천사는 나라는 인간이 좋아서 내 방에 찾아온 것이 아니라 햇반이 무엇인지 궁금했을 뿐이니까- 그래서 바닐라 천사에게 다짜고짜 물어보았다.

— 그런데 햇반은 왜요?

내 물음에 바닐라 천사는 잠시 침묵하다 내게 더 가까이 다가와 말한다.

— 가끔은 선함이 힘들 때가 있거든. 천사가 많이 죽어나고 있어. 과로사야.

그러니까, 천사의 말은 이젠 인간들이 천사라는 존재들에게 선함을 아예 맡겨놓았다는 말이었다. 언제나, 영원히, 선해야 하는 대상을 만들어 놓고 본인들은 선함을 흉내라도 내지 않고 있다는 것이었다. 천사의 말에 따르면 선해지기 위한 최소한의 시간도 돈도 없다는 것이 인간의 변명이었다.

바닐라 천사의 말을 들으며 나는 세상에 지켜져야 할 선함의 총량이 있다면 그것을 혼자 짊어지고 가야 하는 천사는 조금 힘들 수도 있겠다는 생각이 들었다. 방을 어지르는 사람이 따로 있고 치우는 사람이 따로 있는 것처럼 사람들은 너무나 간편하게 세상을 지탱하는 선함을 천사에게 내맡기고 악행을 저지른다. 최선을 다해 선해질수록 다른 한쪽에선 최선을 다해 악해진다⋯⋯. 어쨌거나, 천사는 어젯밤 내 방에서 2분이면 배를 채울 수 있다는 레토르트식품에 영감을 받은 것이었다. 햇반처럼 간편하게 데워 행할 수 있는 정도의 〈선함 키트〉를 만든다면 사람들이 조금이라도 선함을 행하지 않을까 하고. 2분만 전자레인지에서 데워 꺼내면 오늘의 선함이 완성될 테니까 말이다.

— 그것이 편리한 위선이라고 하더라도요?

내가 묻자 바닐라 천사는 맞다고도, 아니라고도 딱히 대답하지 않는다. 그러고서 말한다.

— 네가 붙여 준 거, 도움이 되었어.

그리고는 인상을 찌푸린다.

— 그런데 이거, 좀 무거워.

나는 염려 말라며 자리에서 일어나, 책상 앞으로 간다. 바닐라 천사에게 무엇을 달아 주어야 하나 고민하다 아무렇게나 휘갈겨 쓴 내 일기장 한 페이지를 북 찢어내었다. 바닐라 천사의 날개에 나란히 달린 메피스토펠레스와 파우스트 박사를 떼어내고, 유진이 좋다는 내용 따위가 적혀 있는 내 일기장을 곱게 접어 바닐라 천사에게 매달아 준다. 바닐라 천사는 처음엔 균형 잡기를 힘들어하다, 곧 둥실 날아올랐다. 그리고는 이건 어쩐지 더 무거운데, 중얼거리다 처음 왔을 때와 마찬가지로 흔적도 없이 사라졌다. -파우스트보다 내 일기장이 더 무겁다니!- 나는 천사가 사라진 내 침대 머리맡을 한동안 바라보다, 눈을 감는다.

유진을 좋아한다는 내 일기장을 매단 천사가 서울의 어느 상공을 날아다니고 있다고 생각하자 조금 부끄러워지면서도, 홀가분했다. 천사는 본의 아니게, 날갯짓이 조금 무겁겠지만.

내일은 유진에게 좋아한다고 말할 것이다.

빛바랜 회갈색 브라우니

 네, 잘 오셨습니다. 저희 레스토랑의 코스요리는 환상적인 미식의 세계를 선사하죠. 하루에 단 한 사람만 손님으로 모시는 만큼 최고의 맛을 자부합니다. 그뿐만일까요. 흰 식탁 앞에 앉아, 하나씩 나오는 코스요리를 먹는 평범한 레스토랑이 아니죠. 손님과 저는 오늘 길거리를 걸을 겁니다. 저와 함께 길을 걷는 동안 들리는 소리들, 보이는 풍경, 바람에 실려 오는 과일 가판대의 과일 냄새나 베이커리의 빵 냄새가 에피타이저입니다. 그렇게 조금 걷다 보면 제가 메인 디쉬를 요리하기 시작할 겁니다. 천천히 음미해주세요. 그리고 메인 디쉬가 끝나갈 때 즈음엔 길 끝에 다다를 겁니다. 이후 조금의 시간이 지나면요. 오늘의 디저트가 준비되어 있을 겁니다.

 하지만 아시다시피, 저희 레스토랑에선 메인 디쉬는 전혀 중요한 것이 아닙니다. 메인 디쉬는 그저 디저트를 최상의 조건에서 먹을 수 있게 만드는 도구에 불과하죠. 물론 그것을 보통은 에피타이저라 하지만요. 그러니까 저희는 메인 디쉬가 결국…… 디저트를 위한 에피타이저가 되었다, 정도로 생각해 주시면 되겠습니다. 그러니까, 정확히 말하자면 저희의 디저트가 곧 메인 디쉬인 것이죠. 복잡한 것이 아닌데 말로 하려니 쓸데없이 복잡해지는군요. 어쨌든, 이 길의 끝에서 손님이 어떤 맛의 디저트를 드시게 될지는 저도 알지 못합니다. 다만 저는 충분한 시간을 들여 손님만을 위해 요리할 뿐이죠. 자, 그럼 눈을 감으시고 제 어깨를 잡고 따라오세요.

*

 윤은 눈을 질끈 감고, 앞서 걷는 셰프의 어깨를 잡은 채 주춤주춤 발걸음을 옮긴다. 이렇게 초면인 사람의 어깨를 잡고 비틀거리며 발걸음을 옮기고 있는 것이 어색하다. 금방 다시 눈을 뜰 수 있으리라 생각했지만, 셰프는 계속 걸었다. 윤은 숨을 크게 들이마신다. 아까 셰프가 말했던 빵 굽는 냄새라든가 과일 냄새 같은 것과는 거리가 먼, 아무 향이 나지 않는 공기가 코로 들어온다.

셰프는 식사 코스가 시작되기 전, 어깨를 잡은 상태로 이동하는 도중엔 눈을 뜨지 말라고 신신당부했다. 윤도 물론 도중에 눈을 뜰 생각은 없었으나 막상 오랜 시간 걷다 보니, 도대체 어디를 지나고 있길래 이렇게 눈을 감고 한참을 걸어야 하나, 싶은 마음에 살짝 실눈을 떠 보기로 한다.

윤은 살짝 실눈을 떴고, 그러자 보이는 것은 앞서 걷고 있는 셰프의 뒤통수와, 사방이 온통 검은 공간이었다. 공간은 머리 위에 바로 천장이 있을 정도로 낮다. 빛도 한 줌 보이지 않는 이 좁고 긴 공간을 윤은 셰프에 의지해 걷고 있었다. 어둡고 습한 공간에 낯선 사람과 단둘이 있게 되자 윤은 조금 무서워지기 시작한다. 셰프의 어깨를 잡은 손에 힘이 들어간다. 그 순간 셰프가 발걸음을 멈춰 선다. 윤은 깜짝 놀라 눈을 질끈 감는다.

— 눈은 잘 감고 계시죠?

— 네, 네네.

강한 긍정은 강한 부정이라 들었던 것 같은데, 생각하면서도 윤은 네를 세 번이나 발음한다. 앞쪽에서 옷깃 스치는 바스락거리는 소리가 나고, 셰프는 다시 걷기 시작한다.

— 눈을 잘 감고 따라오세요.

— 그런데 왜 눈을 감아야 하죠?

— 음, 글쎄요. 그건 저희 레스토랑의 방침입니다. 지켜야 할 전통이랄까요.

— 그렇군요.

아무 의미 없는 대화를 나누며 윤은 이 길고 낮은 공간이 언제 끝날지 조바심이 난다. 한참을 다시 걷다가, 셰프가 말한다.

— 다 왔습니다. 손님, 이제 위로 올라갑니다.

바닥이 가볍게 들리는 소리가 나면서 우우웅, 소리와 함께 위로 이동된다. 문이 열리는 소리가 나고, 길거리를 지나는 사람들이 떠드는 소리와 차 소리, 새 소리 같은 것들이 들린다.

— 이제 눈을 뜨셔도 됩니다.

윤은 눈을 뜬다. 익숙한 도시가 펼쳐진다. 다닥다닥 붙어 있는 낮은 빌라들과, 한 편에 흉물처럼 있는 분리수거장과 그 앞에 가득한 쓰레기들. 윤은 대낮부터 술을 마시고 보도블록에 앉아 고개를 푹 숙이고 있는 사람을 바라보다 시선을 돌린다.

— 저희 레스토랑을 이용하시는 분들의 사정은 다양하겠지만, 저희의 디저트는 늘 좋은 평을 받곤 한답니다. 최고의 맞

춤형 디저트를 제공하죠. 믿어주시고 예약을 해 주신 만큼, 오감을 열고 이곳을 걸어 봅시다.

― 좋습니다.

― 그럼 출발하죠.

윤은 셰프와 길거리를 걷는다. 필름카메라로 찍은 사진처럼, 도시는 살짝 빛바랜 듯한 색감으로 물들어 있다. 초여름의 햇살 아래, 길 양옆으로 늘어져 있는 가로수들의 초록 잎들이 더운 바람에 천천히 흔들리고 있다.

윤은 마주쳐 걸어오는 사람들의 얼굴을 살펴본다. 장바구니를 들고 걸어가는 사람, 어딘가로 분주히 전화를 걸며 걸어가는 사람, 잔뜩 지친 표정으로 터벅터벅 걸어가는 사람, 어린 아이의 손을 잡고 웃으며 치킨집으로 들어가는 사람. 모두 익숙한 얼굴이다.

― 자, 그럼 디저트를 준비하기 전에 메인 디쉬를 요리해 봐야겠죠? 그러니까, 에피타이저지요. 시작해 보겠습니다.

윤과 셰프는 어느 횡단보도 앞에서 멈춰 선다. 몇 초 남지 않았던 초록 신호가 점멸하고, 붉은빛이 떠오른 신호등을 윤은 바라보고 있다.

― 오늘의 메인 디쉬로는 재미있는 이야기를 하나 해 볼까 해요. 달고 짠 이야기요.

윤은 고개를 끄덕인다.

― 두 가지 정도의 이야기가 있는데, 손님의 대답에 따라 정하도록 할게요. 먼저, 혹시 〈기억의 천재 푸네스〉를 읽어보셨나요?

― 음, 아니요.

― 좋아요. 그럼 그 이야기는 접어두고 다른 이야기를 해보도록 해요. 실은 이편이 훨씬 재미있을 거예요. 옛날 옛적 어느 마을 사람들은 음식을 먹을 때마다 기억을 잃어버리곤 했습니다. 그 원인은 옛날 옛적보다 더욱 먼 옛날 옛적, 마을에 내린 어느 마법사의 저주 때문이라고 여겨지곤 했어요. 여겨지곤 했다는 것은 마을 사람 중 아무도 그 원인을 정확히 모른다는 것을 의미합니다. 음식을 먹을 때마다 무언가를 망각하게 된다는 것은 마을 사람들에게 커다란 슬픔을 가지고 왔죠. 잊고 싶지 않은 기억을 강제로 잊어버릴 수밖에 없었거든요. 그렇다고 음식을 먹지 않을 수도 없었어요. 음식을 오랜 시간 동안 먹지 않으면 결국 죽어버리니까요. 어떤 사람들은 잊지 않기 위해 몇십 일을 단식했습니다. 하지만, 오래가지 못했죠. 결국 음식을 입에 밀어 넣고 무언가를 망각하고 말았답니다. 그러면서 펑펑 울었죠. 어쩌면 그 마을 사람들은 잊어버리지 않기 위해서가 아니라 잃어버리지 않기 위해서 그렇게 마음 아파했는지도 모르겠습니다.

― 폭력적이네요. 음식을 먹을 때마다 기억을 잃는다니.

─ 그렇죠.

신호등에 파란 불이 켜진다. 윤과 셰프는 횡단보도를 건너간다. 윤이 묻는다.

─ 왜 하필이면 음식일까요? 음식을 먹을 때마다 잊게 된다는 것 말입니다.

─ 그건 생명을 유지하기 위해서라면 어쩔 수 없이 할 수밖에 없는 것들의 범주에 포함되어 있죠. 시간을 소모하거나, 음식을 먹거나, 잠을 자고, 숨을 쉬는 것들. 그런 것들이 망각과 친합니다.

점차 시끌벅적한 도시의 소리가 멀어지고 있다. 셰프가 말을 잇는다.

─ 하지만 음식을 먹고 기억을 잊는 것이 부당하다고 느낀다면, 시간이 흐르면 기억을 잊는다는 것도 선택권이 없기는 마찬가지입니다. 손님이 사는 곳에서도, 시간이 흐르면 모든 것은 자연스럽게 흐려지고 잊히죠. 음식을 먹으면 기억을 잃게 되는 그 마을 사람들처럼요. 보통, 사람들은 이미 많은 것을 잊으며 살지만 그에 대해 딱히 괴로울 만큼 아쉬워하지는 않습니다. 다만 조금, 아주 조금 아쉬워할 뿐이죠. 뭐랄까. 파스타 위에 올라간 바질페스토 정도로요.

셰프는 멈춰 선다.

─ 손님, 그저 고개를 끄덕이시네요. 여기까지 말하면 대부

분의 손님은 화를 내셨는데요.

— 화를 내지 않는 것이, 이 이야기를 완벽히 이해한 것이니까요. 저는 레스토랑을 예약해서 드디어 제게 선택지를 만든 것이 아닙니까. 시간이 지나면 흐려 잊힐 기억을, 제가 주체적으로 잊겠다고 선언했으니까요. 제가 선택하여 만들어진 결과와 선택하지 않은 채 만들어진 결과는 너무나 다르겠죠.

윤의 말에 셰프는 기쁜 표정을 감추지 못한다.

— 맙소사, 제 요리를 이렇게 정확하고, 맛있게 먹어 주신 손님은 당신이 처음이에요. 이제 저의 메인 디쉬가 끝났습니다. 길을 안내할 저의 역할은 여기까지인 것 같네요. 이젠 손님이 어디로 가야 할지 아실 겁니다. 익숙한 거리겠죠? 저희의 메인 디쉬, 그러니까, 디저트를 즐길 준비가 되셨다면, 돌아 나와 이 길을 쭉 따라 골목 끝으로 와 주세요. 그동안 저는 정성스레 손님만을 위한 디저트를 만들어 은색 쟁반에 담고, 손님을 기다리고 있겠습니다.

셰프는 가볍게 인사를 하고, 골목 끝으로 사라진다. 윤은 오른쪽 골목 모퉁이를 돌아 발걸음을 옮긴다. 낮은 담장 위엔 이름 모를 꽃들이 피어 있고, 담쟁이덩굴이 구불구불하게 매달려 있다. 윤은 숨을 깊게 들이마시고, 내쉰다. 옅은 꽃향기와 함께 피어오르는 흙냄새. 온통 고요한 가운데 강아지가 짖는 소리가 멀리서 들려온다.

윤은 어느 낮은 집 대문 앞에서 멈춰 선다. 녹슨 철제 대문을 살짝 밀자 끼이익, 둔탁한 소리와 함께 대문이 열린다. 윤은 안으로 들어간다. 좁은 마당엔 갈색과 붉은색의 사이, 애매한 색깔의 고무 바구니가 있고 그 위에 호스가 아무렇게나 축 늘어져 있다. 윤은 알록달록한 스테인드글라스 같은 무늬가 그려진 문을 연다. 오후의 햇빛이 열린 방문 틈만큼 조각나 들어오고, 그 햇빛의 끝엔 놀란 표정의 어머니가 앉아 있다.

윤은 다가가 어머니 앞에 앉는다. 어머니는 막 점심을 먹으려고 하던 참이었는지 은색 쟁반 위에 밥그릇과 국그릇, 신 김치가 담긴 반찬통 같은 것들이 놓여 있다. 어머니의 얼굴은 젊다. 윤이 아주 어릴 때 보던 얼굴. 그 얼굴은 지금 이 공간까지 오는 길에 수도 없이 마주친 행인들의 얼굴이다. 어린 아이의 손을 잡고 웃으며 치킨집으로 들어가거나, 장바구니를 들고 걸어가거나, 어딘가로 분주히 전화를 거는 어머니의 파편들은 옛날 그대로였다.

— 엄마. 이야기 하나 하려고 왔어요.

어머니는 고개를 끄덕인다. 윤은 어머니를 바라본다. 윤을 바라보는 어머니의 눈동자는 소처럼 맑다. 윤은 어머니의 눈을 한동안 바라보다, 결국 말을 하지 못하고 울음을 터트린다.

 어머니를 보면 윤은 또다시 아무것도 말할 수가 없게 된다. 이곳까지 찾아오는 동안에도, 윤은 준비한 말들을 속으로 되뇌고 또 되뇌었으나 그 중 어느 것도 말이 되어 나오지 않았다. 어느 것을 먼저 말해야 할까. 어머니를 진심으로 증오한 적이 있다는 것? 어머니처럼은 되지 않겠다고 울며 다짐한 적이 있다는 것? 윤은 머릿속이 온통 혼란스럽다. 유년기를 끝으로, 어머니에게 전혀 사랑받은 적 없지만 어머니를 사랑해 보려 노력했었다. 알코올에 집어 삼켜진 어머니는 물론 윤보단 술을 훨씬 사랑했다. 시간이 갈수록 더. 결국 윤의 입에서 나온 말은 전혀 정제되지 않은, 윤이 한 번도 어머니에게 말하리라 생각한 적이 없던 것이었다.

 ― 왜 돌아가실 때 제 이름을 부르면서 사랑한다고 했어요.

 어머니는 윤의 질문에 아무 대답도 하지 않는다.

 ― 그런 적 별로 없었으면서. 왜 마지막에, 그렇게 또렷한 목소리로 말씀하셨던 거에요. 그럼 엄마를 마음 편히 미워할 수 없잖아요.

 윤은 고개를 떨구고 운다. 유년기 이후로 윤은 어머니가 없는 것처럼 행동했다. 실제로 윤을 사랑했던 어머니는 사라지고 술에 절어 욕망만 남은 인간이 그 자리를 채우고 있었으니까. 어머니를 완벽히 증오한다고 생각했다. 그러나 그것

또한 윤의 오만이었다.

 윤은 고개를 든다. 어머니가 낡은 옷깃으로 윤의 얼굴에 흐른 눈물을 닦아주고 있다. 그 얼굴은 오래전, 아주 어릴 때 윤이 보았던 어머니의 얼굴이었다.

*

 오셨군요. 오늘 과거에서 보내신 시간은 어땠나요? 남은 미련을 없앨 만큼 충분한 시간이었으면 좋겠군요. 말씀드렸던 대로, 손님이 손님의 공간에 들어가 있는 동안 저는 세상에 단 하나밖에 없는 디저트를 만들고 있었습니다. 뚜껑 끝을 손으로 잡고, 천천히 열어보세요. 네, 그렇습니다. 손님을 위한 오늘의 디저트는 푸른 코발트색 체리를 올린, 빛바랜 회갈색 브라우니입니다. 모양은 브라우니지만 맛은 브라우니 맛이 아닐 겁니다. 손님이 이 음식을 먹고 깨끗이 잊길 원하셨던 기억의 맛이 나지요. 그 맛이 어떨지 저는 설명할 수도, 예측할 수도 없답니다. 그 맛은 온전히, 손님의 것이니까요. 저희 레스토랑의 코스요리 서비스는 여기까지입니다.

 자, 그럼 맛있게 드십시오.

아경—1118359292—윤희

 파리의 여름은 앙상하다. 잎이 많지 않은 가로수들 사이로 뙤약볕이 내리쬔다. 나는 아무 베이커리 앞에서 주문을 하고, 갓 나온 크루아상 두 개를 받아들고 걸어간다. 스타벅스 드라이브스루처럼 여기선 크루아상을 워크스루로 살 수 있다. 고소한 크루아상을 한 입 베어 물고, 센느강 쪽으로 걸어간다. 센느강을 건너는 다리 앞에 멈춰서서, 강을 바라본다. 밝은 여름 햇살 아래 잔잔히 흐르는 센느강은 아름답다. 유람선 몇몇이 둥둥 떠 지나가고, 나는 불특정 다수를 향해 잔뜩 신난 표정으로 손 인사를 하는 유람선 탑승객들과 최대한 눈을 마주치지 않게 시선을 돌린다.

지금 아경은 뭘 하고 있을까.

몹시 궁금했지만 물어볼 수 없다. 여행을 떠나오기 전엔 이런 서먹한 사이가 될 줄 상상이나 했겠는가. 대학교 신입생 시절부터 졸업을 앞둔 지금까지도, 아경과 나는 서로가 서로에게 대학에서 만난 가장 친한 친구였으니까.

— 혹시라도 우리 여행에서 싸우게 되면, 그땐 '전하 고정하시옵소서', 같은 대사를 읊어주자.

— 오, 좋네. 표정도 사극처럼 연기해야 해. 그렇게 말하면 뭐든 웃겨서 웃어버릴 것 같은데.

— 그렇지? 아, 생각만 해도 웃겨.

하지만 별 것 아닌 것들로 투닥거리기 시작할 즈음엔 그런 약속들은 이미 아무 소용이 없어져 버렸다. 누가 얼굴을 잔뜩 붉히고 화를 내고 있는데 '전하, 고정하시옵소서', 같은 말을 내뱉겠는가? 그 말은 시베리아 한복판에 내던져진 얼음처럼, 혼자 덩그러니 남겨져 있을 것이 뻔했다. 그리고 무엇보다, '전하, 고정하시옵소서'로 해결될 만한 갈등은 애초에 갈등도 아니라는 것을 나는 아경과의 지난 한 달 동안의 시간으로 알 수 있었다.

영국, 독일, 스페인을 지나 프랑스 파리에 온 우리는, 방만 함께 쓰는 서먹한 룸메이트처럼 행동했고, 아경은 내게 침대 머리맡에 있는 스탠드보다 눈길을 주지 않았다. 절대 싸

울 일이 없다고 생각한 친구와의 갈등을 나는 어떻게 해결할 수 있는지 알지 못했다. 벌써 대학교를 졸업한 이십 대 중반이 되었음에도 말이다. 나는 아경과 함께 대화하며, 이 별것 아닌 것으로 시작된 이상한 갈등을 끝내길 바랐으나, 아경은 그럴 생각이 없어 보였다. 아경은 내가 일어나기 전에 먼저 깨어 도망치듯 숙소를 나갔으며, 저녁엔 술에 잔뜩 취한 채 돌아왔다. 내가 무어라 말을 걸려 하면 잠에 들었다. 언젠가 나는 아경에게 물었다.

— 왜 함께 여행을 안 하는 거야? 쌓인 게 있다면 지금 풀자. 원래 여행 가면 많이 싸운대.

— 아니, 우린 싸운 게 아니야. 너한테 감정 상한 건 아무것도 없어. 다만 너랑은 한국에서 같이 놀아도, 함께 외국 여행은 안 해야겠다고 생각했을 뿐이야. 여행 스타일이 너무 안 맞아서 그래. 별거 없어.

아경은 미리 준비라도 한 듯 이렇게 말하고 다시 방을 나갔다. 아무리 그래도, 그렇다면 서로 맞춰 가면 되는 것이 아닌가. 그러니까 이런 문제를 해결하는 방식에서도 아경과 나는 많이 달랐던 것이었다. 점심 메뉴에서 고수를 뺄지 말지, 도보로 15분 정도 되는 거리를 도보로 걸을지, 버스를 탈지, 택시를 탈지, 루브르에 먼저 갈지 오르세에 먼저 갈지 같은 사소한 결정사항들에 아경과 나는 늘 부딪혔다. 그러니 그런 것들에서 오는 갈등을 해결하는 방법도 다를 수밖에 없었다.

결국 나는 그저 아경이 -물론 아경은 내게 화나지 않았다고 했지만- 화를 풀기를 기다리기로 했다. 아경이 숙소를 나서면 나도 슬슬 일어나 준비를 했고, 짐을 챙겨 밖으로 나섰다. 본의 아닌, 나 홀로 파리여행이 된 셈이었다. 그래도 다른 곳들을 모두 여행하고, 여행 막바지인 파리에서 이렇게 서먹해진 게 다행이라면 다행일까. 나는 사진첩에 있는, 독일, 스페인, 영국 등지에서 아경과 함께 찍었던 사진들을 마치 오래전 사진을 추억하는 것처럼 넘겨 본다.

오늘은 센느강 근처를 좀 걷다가, 저녁이 되면 루브르 박물관에 가 보기로 했다. 그래도 그 유명하다는 피라미드 구조물도 보고, 모나리자도 봐야지. 딱히 미술품에 관심이 있는 것은 아니었지만 시간과 돈을 들여 유럽에 온 이상 그것 정도는 보고 가야 할 것 같았다. 혼자서라도.

센느강의 풍경은 평화롭다. 강을 걸으며 한강을 떠올린다. 한강은 정말 크긴 하지만, 세빛섬이니 뭐니 촌스럽게만 느껴지는데. 그 이유는 무엇일까. 따지고 보면 다 똑같은 강물인데 말이다. 조금 걷다 벤치에 앉아, 아무리 예쁜 해외 여행지에도 한국 간판을 달면 순식간에 촌스러운 풍경으로 변해버린다는 기사를 떠올린다.

한국은 도시의 미감이라고 할 만한 것이 80년대 이후로 멈춰 있는 느낌이다. 빠르게 성장한 국가의 어쩔 수 없는 단면인가. 그러고 보면, 이곳에서 아름다운 건축물들을 보고 자란 사람들과, 다 똑같이 생긴 다닥다닥 붙은 상가 건물과 아파트만 보고 자란 사람의 미감은 과연 같을까. 스위스를 예를 들자면, 스위스의 광활한 초원을 보고 자란 사람이 하는 생각과, 한국의 멋없는 아파트를 보고 자란 사람의 생각은 분명 다를 것이다.

그런 생각을 하는데 문득 강 건너편에 있는 카페로 들어가는 사람들이 눈에 들어온다. 나는 벌떡 일어선다. 둘은 창가 쪽 자리에 자리를 잡고 앉는다. 잘못 본 것이 아닌가 싶지만 나는 가슴이 쿵쿵 울린다. 다리를 건너가, 아까 보았던 카페를 지난다. 지나며 곁눈질로 옆을 본다. 아, 분명했다. 내 입에선 나도 모르는 사이 말이 튀어나온다.

— 저 자식!

저 자식은, 말하자면 아경과 예전에 만났던 남자다. 몇 년도였는지 기억도 가물가물하지만. 마찬가지로 이름도 기억이 잘 나지 않는다. 어쨌든 저 자식은 아경과 일 년 남짓 만나다가, 바람을 핀 것이 발각되어 아경과 헤어졌다. 그때 아경은 눈물 한 방울 없이 저 자식을 찬 후 차단한 것으로 깔끔하게 이별했다. 그때 나는 가서 욕이라도 흠씬 해 줘야 한다고 길길이 날뛰었으나, 아경은 그럴 필요 없다고 했다.

겉으로 티 내지는 않았지만 심히 충격을 받은 모양인지 아경은 한동안 연애를 하지 않다가, 반년이 지난 뒤에야 다른 애인을 사귀기 시작했었다. 어쨌거나, 중요한 것은 아경과 저 자식이 같은 카페 안에서 마주 보고 앉아 아무 일도 없었다는 듯이 웃으며 대화를 하고 있다는 것이었다.

도대체 어떻게 마주치게 된 것인지 이해조차 되지 않는 조합이었다. 아경은 심지어 하얀 유리 찻잔을 손에 쥐고 웃기까지 했다. 혼자 여행을 하다가, 어디선가 마주치고, 함께 커피를 마시러 온 건가? 다만 그 과정이 저 자식이 아경에게 저지른 일을 생각하면 어색하기 그지없었다. 이미 적어도 몇 년이 지난 일이라 다 잊어버린 게 아니고서야. 나는 카페 근처를 서성이며 생각한다. 분명 저 자식이 아경에게 달콤한 말로 사탕발림을 한 것이다. 불쌍한 아경이.

나는 비록 싸워 서먹해지긴 했지만, 그래도 아경과 대학교 내내 절친이었던 입장에서, 아경을 어떻게 '달콤한 것으로 뒤덮인 악'에서 구해 줄지를 생각한다. 아끼는 친한 친구 앞에선 나는 아경을 구하기 위해 악역이라도 자처해야 했다. 그러나 어떻게? 나는 잔뜩 복잡해진 마음으로 센느강을 좀 더 걷다가, 집으로 향한다. 적어도 오늘은 루브르 박물관에 갈 만한 기분이 아니었다.

'저 자식'에게 연락이 온 것은 오후 네 시 즈음이었다. 숙소에서 컵라면 하나를 끓여 먹고 있었는데, 모르는 번호로 문자가 왔다. 카페 밖을 지나가는 나를 봤다는 것이다. 창밖으로 보이는 나를 너무 오랜만에 봐서 긴가민가했는데, 인스타를 보고 파리에 있는 걸 알게 되었다고 했다. 맙소사, 예전에 아경과 나, '저 자식' 이렇게 셋이서 한 번 만난 적이 있었는데, 그때 받아간 번호를 아직까지 가지고 있을 줄은 상상도 하지 못했다. 게다가 인스타그램까지. 나는 조금 당황했으나, 일단 인사를 건넨다. 여전히 나는 그의 이름은 알 수가 없어서, 앞으론 그를 전화번호로 부르기로 한다.

1118359292는 혹시 오늘 5시쯤에 아까 그 센느강 카페에서 볼 수 있겠냐고 묻는다. 나는 잠시 생각한다. 1118359292가 나를 보려고 하는 이유는 무엇일까? 무엇을 얻기 위해서? 어쨌거나 나는 그 만남에 조금은 흥미가 일었다. 1118359292를 성공적으로 아경에게서 떼어놓기 위해서는 정면돌파가 필요할지도 모른다는 생각에 이르자 나는 그래요, 라고 답장을 보낸다.

카페에서 만난 1118359292는 심경이 복잡한 듯 아무렇게 앞머리를 헝클이더니 내던지듯 말한다. 그러니까, 아경이 자신을 '쓰레기'로 몰았던 것은 과거에도 알고 있었으나 그냥 그러려니 했다는 것이었다. 이유는 단순했다. 아경을 사랑했으니까. 우웩, 무슨 사랑 타령. 나는 한여름에도 미지근하기만 한 아메리카노를 휘휘 젓는다.

— 그러니까, 본인 잘못으로 헤어진 게 아니라고 말씀하시는 거죠?

— 네. 그리고, 오히려 바람을 핀 쪽은 아경이었죠. 그런데요, 저는 용서하기로 했어요. 솔직히 아직도 많이 사랑하거든요. 아경이를 다시 봤을 때 확실히 느꼈어요.

1118359292가 내뱉은 말에 나는 잠시 멍해진다.

— 네? 잠시만요, 바람을 핀 쪽이 아경이란 말이죠?

나는 되묻는다. 1118359292는 고개를 끄덕인다.

— 지금 그 말을 저더러 믿으라는 건가요?

— 아, 아니요. 믿어주실 필요는 없어요. 다만 저는 사실을 말한 겁니다. 그러니까 제가 적어도, 윤희 씨가 걱정하는 것처럼, 아경이에게 해를 가하는 것이 아니라는 거예요. 오늘 낮에 저를 뭐랄까, 조금은 경멸 어린 시선으로 봤잖아요. 적어도 윤희 씨에겐요, 제가 그런 인간이 아니라는 걸 말이라도 하고 싶었어요. 그러니까, 윤희 씨는 아경이와 제일 친하잖아요. 윤희 씨가 안심할 수 있게……

— 글쎄요. 제가 아경이와 가장 친하든 말든, 굳이 그 말을

저한테 전하는 저의를 모르겠네요. 그리고 그게 진실로 사실인지 아닌지는 아경이만이 알겠죠. 저는 아경이가 말한 것만 사실로 생각합니다. 아경이는 당신이 잘못을 저질렀다고 했거든요.

나는 자리에서 일어난다.

— 아경이는 좋은 친구를 두었군요.

1118359292가 말한다. 무슨 웃기지도 않은 드라마 대사람. 나는 대꾸하지 않고 밖으로 나선다. 길거리엔 햇빛이 한가득 내리고, 나는 그 햇빛 가득한 길거리를 걸으며 자꾸만 바싹바싹 말라가는 느낌이다. 거대한 미스터리 소설 안에 들어와 있는 것처럼, 모든 것이 거짓말처럼 느껴진다.

그날 밤 나는 여느 때와 다름없이, 아경이 돌아올 때까지 침대 스탠드를 켜 두었다. 아경은 마찬가지로 늦게 들어왔고, 나는 오늘 온종일 있었던 아경의 동선에 대해서는 묻지 않았다. 다만 물었다. 내 안에 아주 조그맣게 생겨난, '단 1%라도 1118359292의 말이 맞으면 어떡하지?'라는 의심을 숨긴 채.

— 너 옛날에, 그 사람 혹시 기억나? 예전에 바람피워서 헤어졌다고 했던.

아경은 누구? 라는 표정으로 내 얼굴을 바라본다.

― 도예과 남자. 머리 중단발에, 귀에 피어싱.

그 말에 아경은 누구인지 떠올랐다는 듯 아, 하는 짧은 감탄과 함께 고개를 끄덕인다.

― 그때 삼자대면하고 난리도 아니었지. 꼴도 보기 싫어.

― 그런데 왜 다시 만난 거야?

나는 아경에게 카페에 있는 그와 아경을 보았다고 단도직입적으로 말한다. 아경은 내 말에 곤란한 듯 잠시 아무 대답도 하지 않고 있다가, 나 씻을게, 하더니 들어가 버린다. 적어도 그 순간, 아경은 그간 내가 알던 모습과는 상당히 다른 사람이었다.

그날 밤, 잠을 자다 나는 등에 전해지는 아경의 체온을 느꼈다. 아경은 내 침대로 건너와 등 뒤에서 내게 몸을 붙이고 고른 숨을 내쉬고 있었다. 적어도 그 순간은 원래 내가 알던, 익숙한, 나와 친한 아경이 돌아온 것만 같았다. 잠시 깨어 있던 내가 묘한 안도감을 느끼며 다시 자려고 눈을 감는 순간, 아경의 말소리가 들려왔다.

― 그 사람 말이 맞아. 다 내 잘못이었어. 내가 너도 속이고, 그 사람도 상처 준 거야.

나는 어둠 속에서 동그랗게 눈을 뜨고 있었다.

― 미안해, 윤희야. 그동안 내내 거짓말해서.

그리고 한동안 침묵하다 아경은 말했다.

— 있잖아. 너는 나를 정말 친하게 생각하지만, 나는 널 그렇게까지 친하게 생각하지 않는 것 같아. 그래서 말하지 못한 거겠지. 한편으론. 너를 실망하게 하기 싫었어. 너는 날 굉장히 좋게 생각해 주잖아. 물론 그게 가끔은 부담스럽기도 했었어. 하지만 난 네 호의에서 오는 부담보다 그 무조건적인 호의가 사라지는 게 더 무서웠어. 너랑 내가, 아무리 노력해도 잘 맞지 않는다는 걸 앎에도 불구하고 말이야.

그 순간, 나는 작은 침대가 있는 파리의 방에서 그만 죽어버린 느낌이었다. 아경의 진심은 나를 상처입히기에 충분했고 내 목덜미에 닿는 아경의 고른 숨을 느끼면서, 나는 지금이 아경이 나와 가장 가까이 붙어 있는 마지막 순간이자, 아경이 내게서 가장 멀어진 순간이라 느꼈다.

다음 날에도 나는 크루아상 두 개를 사 들고 센느강 다리 옆에 멈춰 선다. 그리고 내가 알던 아경과 내가 모르던 아경을 생각한다. 나는 혹여 소매치기를 당할까 싶어 앞으로 맨 작은 가방을 만져 본다. 유럽에서 소매치기를 당하는 일은 생각보다 빈번하다던데. 나는 여행에 와서 친한, 혹은 친하다고 생각했던 친구를 잃어버렸다. 어쩌면 이미 진작에 잃어버려야 했던 것일지도 모르겠다.

지금 내가 믿을 것은 이 달콤한 맛이 나는 크루아상을 씹고 있는 내 미각뿐이었다.

크루아상을 깔끔히 먹어치우고, 루브르로 걸어간다. 어제 1118359292를 만나느라 가지 못한 루브르를 오늘은 가 보기로 했다.

루브르는 두 시 반을 넘어가는 애매한 시간임에도 불구하고 사람들로 북적인다. 모나리자가 전시된 회랑으로 걸어간다. 사람들이 워낙 몰려 있어, 아주 먼 곳에서부터 어디에 모나리자가 걸려 있는지 알 수 있었다. 작품 앞으로 가도 빼곡한 사람들로 인해, 작품을 보는 것인지 각국 사람들의 뒤통수를 감상하는 것인지 알 수가 없다. 나는 사람들 사이를 비집고 맨 앞으로 가서 선다.

가까이 본 모나리자는 나를 비웃고 있는 것 같기도 하고, 질책하는 것 같기도 하고, 용서하는 것 같기도 한 묘한 표정을 짓고 있었다. 어딘가 미완성된 것 같은 모나리자의 표정은 관객이 그림을 볼 때 완성된다. 나는 신을 믿어 본 적이 없지만, 모나리자의 얼굴을 보는 순간 신에게 얼굴이 있다면 그러한 표정일 것이란 확신이 든다. 나를 비웃는 모나리자는 잠시 후에 나를 애처롭게 생각하는 모나리자로 바뀌고, 나는 그 앞에서 그만 모든 감정을 투명하게 드러내고 울며 슬픔에 잠겨 몰락하고 싶어진다. 그러니까, 모나리자님. 인간은 이렇게나 복잡합니다. 저는 이제 무엇을 진실이라 믿고 무엇을 거짓이라 믿어야 할지 모르겠습니다.

불쌍한 인간.

모나리자는 입을 열어 내게 그렇게 말하고, 나는 내 어깨를 밀치며 앞으로 다가오는 관광객들 속에서 두 다리로 땅을 딛고 서서, 모나리자의 고요한 눈동자를 바라본다. 그것이 마치 내게 허락된 마지막 진실이라도 되는 듯이.

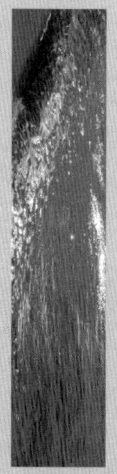

7月

회색지대

 안은 행운을 믿지 않는다. 그런 것은 정신을 물렁하게 와해시켜버리는 거짓 주문에 불과하다. 행운의 총량이 있다면 그것은 안의 순번이 되기 전에 항상 끝이 난다. 행운도 빈익빈 부익부, 행운을 가진 자들에게 더 많은 행운이 밀려들고, 행운이 없는 사람에겐 남은 행운 부스러기조차 없다.
 오늘은 유난히 덥고, 유난히 일이 없다. 안은 눈을 감는다. 돈을 벌기 위해서는 무슨 일이라도 해야 했지만 무슨 일이든 하겠다는 마음가짐으로도 할 수 있는 일이 없다. 안은 뜨거운 뙤약볕이 내리쬐는 거리를 터벅터벅 걷다가, 더위를 피할 겸 어느 그늘에 가 담벼락에 기대어 선다. 담벼락에 서 있다

보니 문득 햄버거 생각이 난다. 그러고 보니 늦은 오후 시간대인 지금까지도 아직 아무것도 먹지 않았다. 안은 그늘에서 나와 햄버거를 먹겠다는 의지 하나로 거리를 터벅터벅 걷는다.

 물론 오늘 하루 동안 쓸 수 있는 금액은 만 원 남짓이지만, 애매한 오후 시간에 값싼 햄버거 하나를 먹고, 남은 시간엔 아무것도 먹지 않는다고 생각하면 먹을 만한 음식이다. 열로 이글거리는 아스팔트를 새처럼 종종거리며 걸어 안은 햄버거 가게가 있는 골목에 도착한다. 안은 어느 으슥한 골목으로 가, 지하로 통하는 계단을 밟으며 아래로 내려간다. 겉으로 보아선 아무것도 없어 보이는 길거리지만, 지하로 내려가 작은 쪽문을 열면 어두컴컴한 조명과 먼지가 풀풀 나는 소파, 그리고 이름 없는 가수들의 공연이 펼쳐지는 햄버거 가게가 있다.

 안은 이곳을 꽤 좋아한다. 삼천 오백 원 정도의 아주 싼 값에 햄버거를 먹을 수 있고, 아무도 모르는 아티스트긴 하지만 라이브 공연을 들을 수 있다. 안은 햄버거를 주문하고 자리로 가 앉는다. 조그만 조명이 몇 개 켜져 있는 무대에선 어느 아마추어 밴드가 마침 한 곡을 끝내고, 다음 곡 연주를 시작한다.

 얼마 되지 않아 햄버거가 나온다. 안은 둥근 햄버거 번을 열어본다. 앙상한 고기 패티와 가뭄에 콩 나듯 들어있는 양상추가 고개를 내민다. 하지만 이 정도만 되어도 햄버거의 기본은 갖췄다고 할 수 있다. 안은 햄버거를 크게 베어 문다. 앙상한 고기에서 나오는 앙상한 육즙이 혀끝을 맴돌다 사라진다. 모래알처럼 서걱거리는 번을 꼭꼭 씹으며, 탄수화물 끝에 남는 달콤함을 느낀다. 빈약하나마 역시나 맛은 있다. 두 입째 햄버거를 먹는데, 문득 밴드의 노랫소리가 신경을 곤두서게 한다.

밴드의 실력은 엉망이었다. 보컬은 목 관리를 잘못했는지, 꺽꺽거리는 새된 소리를 냈고, 드럼은 가끔 박자가 맞지 않았으며, 베이스와 기타는 긴장했는지 원래 그런 것인지 어딘가 허술하고 어색했으며, 키보드는 유일한 독주 기회에서 실수를 저질러 버렸다. 불협화음이란 것을 이미지화하면 딱 지금 안의 눈앞에 있는 밴드의 모습일 것이었다. 안은 오래전 대학교에서 밴드부를 했던 시절을 떠올린다. 그때 함께 했던 사람들은 다 지금 어디로 갔는지 알 수가 없다. 어쨌든, 아마추어 밴드였던 안이 듣기에도, 훨씬 더 아마추어 같은 밴드의 공연이었다. 종일 더워서 그런 것인지, 아니면 일이 없어서 그런 것인지, 아니면 자신의 인생에서 가장 찬란했던 순간이 이미 까마득히 멀어져 간 것에 대한 불안과 공포 때문인지, 안은 문득 분노가 치밀어오르기 시작한다. 자꾸만 거슬리는 소리를 내는 아마추어 밴드에게 말이다.

안은 항상 이 가게에 만족해 왔고, 여기서 아마추어 밴드의 노래를 들으며 햄버거의 기본만 갖춘 싸구려 햄버거를 먹는 자신을 꽤 자랑스러워했고, 이 공간을 좋아한다고 생각했으나, 아니었다. 그것은 생존을 위한 안의, 더 비참해지지 않기 위한 자기방어에 불과했다. 안은 밴드의 음악을 들으며 생각한다. '나는 저런 음악을 듣고 있을 사람이 아니다!' 그렇게 생각하며 포크를 쥔 손으로 테이블을 쾅 내리친다. 근처에서 햄버거를 먹고 있던 사람들 몇몇이 안을 힐끔 바라본다. 물론, 다른 사람들의 눈엔 안도 그들과 다르지 않게 보일 것이다.

아마추어의 공연에서 보이는 미숙함에 대한 응원이나 아량, 너그러움 같은 것은 안에게 없다. 안은 그런 감정은 가진 것이 많을 때나 가능하다고 생각한다. 이미 높은 위치에 올라앉아, 먹고 있는 빵 부스러기 같은 것을 떼어 던져주며 느끼는 값싼 동정. 안이 그들을 동정하거나 응원하지 못하고 분노가 치밀어 오르는 것은 두 가지 이유 때문이다. 첫째는 안이 대학교 시절 이후로 밴드를 그만둔 지 십 년은 지났으나, 아직도 밴드에 뒤늦은 미련이 있다는 것이고, 둘째는 그 아마추어 밴드의 공연으로 인해 안이 가지고 있던 지금의 자신에 대한 얄팍한 자기합리화가 무너져 버렸다는 것이다.

생각해보면 말이야, 싸구려 공연을 듣는 인생이나, 싸구려 음식을 먹는 인생이나 그게 그거지 뭐. 그렇게 생각하다 안은 문득 먹고 있던 삼천 오백원짜리 햄버거가 더없이 혐오스러운 음식인 것처럼 느껴진다. 입에 물고 있던, 잘게 섞인 빵과 패티를 억지로 목구멍으로 밀어 넣는다. 형편없는 밴드의 공연이 끝나고, 사람들은 그들에게 환호도 야유도 하지 않고 그저 고요하다. 사람들은 모두 자기 몫의 햄버거를 먹느라 바쁘다. 물론 안도 아무것도 하지 않는다. 그저 본인은 이 모든 풍경에서 멀찍이 벗어나 있기라도 한 듯, 콜라를 들이켠다. 안은 적어도 자신은 여기 햄버거가 싸기만 한 햄버거라는 것을 안다고, 여기서 먹는 햄버거 맛에 만족해 버릴 만큼 미식의 세계에 문외한인 것은 아니라고, 밴드가 아마추어여도 너무 아마추어임을 알 수 있는 식견을 가지고 있다고 생각한다. 안은 카운터로 걸어가 계산을 한다. 칼같이 삼천 오백 원이 빠져나간다. 시스템이란 게 그렇지. 삼천 오백 원만큼의 부피만큼 줄어든 안은 좁은 문을 열고 밖으로 향한다.

햄버거를 먹었으니 근처 공원이라도 가서 산책을 좀 하다가 집으로 가야겠다고 생각한다. 그러나 그 생각은 바깥으로 나온 지 불과 일 분도 되지 않은 시간에 뜨거운 더위로 인해 바뀌어 버린다. 안은 곧장 집으로 향한다. 길 양옆으로 잘 관리된 가로수가 일렬로 늘어서 있고, 거리엔 쓰레기 하나 없다. 맑은 여름 하늘과, 활기가 넘치는 가게들을 본다. 콘 아이스크림 하나씩을 들고 서로 이야기하며 걸어가는 사람들과, 꽃가게 앞에서 노란 튤립을 사는 사람을 본다. 꽃가게 주인은 노란 튤립을 팔고, 곧이어 산세베리아가 심긴 큰 화분을 바닥에 닿을 듯 겨우 들어, 가게 밖으로 내놓는다. 여기까지 보며 안은 이곳이 찬찬히 뜯어볼수록 생각보다 아름다운 곳이라 생각하는 한편, 자기 자신은 그런 아름다운 세계에 압사당한 존재처럼 보인다. 그 생각에 이르자 문득 안은 호박석 안의 모기가 떠오른다.

아주 오래전, 호박이라는 이름의 채소만을 알았던 시절, 호박석에 갇혀 화석이 된 모기에 대한 다큐멘터리를 본 적이 있다. 그때 안은 몹시 어렸고, 안의 관심은 오로지 아름다운 호박석에 있었다. 모기에서 공룡의 DNA를 추출한다든가, 보석 안에 갇힌 모기가 불쌍하다거나 하는 생각은 없었다.

하지만 지금 안은 호박과 겹치는 이미지라곤 오로지 아름다움뿐인 푸른 여름 거리 풍경을 보며 호박석을 떠올리고, 호박석 안에 갇힌 모기를 떠올리게 된다. 모기는 분명히 갇혀 있었다. 가련하게 갇혀 옴짝달싹하지 못한 채 오랜 세월을 지난 화석. 안은 확실히 알 수 있었다. 자신은 아름다운 호박석 같은 세계에 압사당한 모기였다.

안은 문득 이 아름다운 거리에 조금이라도 더 발을 붙이고

서 있었다간 정말이지 거리와 함께 굳어버릴 것만 같아 발걸음을 재촉한다. 웃으며 지나가는 사람들과, 무언가를 사 한 가득 들고 가는 사람들을 여럿 지나치며, 안은 아름다움의 세계는 자신을 압사시킬 뿐, 발을 딛고 서 있어도 언제나 까마득히 먼 곳에 있다는 것을 깨닫는다.

집에 돌아와 창문을 열고 환기를 시킨다. 샤워를 하고 침대에 앉아 오늘 남은 시간을 어떻게 보내야 할지 −압사의 위험이 없는 집에서− 고민하는데, 문득 얼굴을 본 지 오래된 이름에게서 문자가 도착한다.

뜻밖에도, 오래전 밴드를 같이 했던 친구였다. 안은 친구의 프로필 사진을 클릭해 본다. 친구는 예전 모습 그대로 늙어 있다. 십 년 전과 비슷한 구석을 찾으며 안은 조금은 안도한다. 친구가 그때와 어느 정도 연속적인 인간임을 확인한 것이다. 이 친구의 근황을 졸업 후로 전해 들은 바가 없지만, 그때 친구는 밴드를 계속하고 싶어 했다. 개인 짐을 모두 뺀 밴드부 연습실에서, 자신은 어떻게든 다시 밴드를 할 것이라 호언장담했다. 그 모습은 안의 기억 속에 선명하게 남아 있다. 열정으로 가득찬 밴드부의 전형이라 해야 할까. 문자 답장을 하자 바로 전화가 온다. 친구가 사뭇 반가운 말투로 묻는다.

— 오랜만이다. 잘 지내고 있었어?

— 뭐, 나야 그럭저럭.

안은 자신의 이야기를 할 기분이 아니다. 안은 친구의 질문에서 회피해, 친구에게 질문을 돌린다.

— 너는 어떻게 지냈어. 예전에 밴드 한다고 하더니.

— 아, 그거.

친구는 웃더니 말한다.

— 와, 그때가 벌써 십 년도 넘었네. 나 그 뒤로 계속 밴드 하다가, 뭐 조금 인기도 얻었고, 무대에도 여기저기 불려 다니고 했었지 뭐. 그런데 문제는 딱 그 정도로 끝이 났어. 물밑에서 조금씩 알려지던 인디 밴드 정도로.

— 그렇구나…….

— 참. 그때는 음악 한답시고 작업실 월세 내려고 대출까지 받았다니까. 그냥 열심히만 하면 장밋빛 미래가 펼쳐질 줄 알았어. 그런데 아니었지. 그걸 부딪혀 보고 나서야 알았어. 그렇지만 뭐, 결론적으론 그때 최선을 다해서 망해 봐서 이제 밴드에 미련은 없어.

그렇구나, 안은 멍청하게 한 번 더 똑같은 말을 반복하다가 묻는다.

— 그래서 지금은 뭐 하고 있는데?

— 아, 지금은 드럼학원 차려서 학생들 가르치고 있어. 취

미반이랑 전문반을 같이 운영하는데, 역시나 취미반이 수요가 훨씬 많아. 나이대도 다양하고.

— 취미반이랑, 전문반?

— 정말 진지하게 밴드 들어가서 드럼 치고 싶다는 사람들이 있거든. 그럼 맞춤형으로 또 수업해 주지. 물론 내가 최고의 드러머는 아니지만. 기본 정도는 가르쳐 줄 수 있어. 그래도 십 년을 했으니까 짬밥이 있지. 안 그러냐?

친구는 밴드 이야기가 시작되니 신이 났는지 말을 잇는다.

— 그럴 때는 그래도 보람 있더라고. 내가 가르친 애들이 어디 가서 공연했다고 할 때 말야. 우리도 아무리 작은 무대든 무대 서는 거 자체가 로망이었잖아. 요즘엔 또 무슨 햄버거 가게에서 하는 라이브 공연을 다들 하고 싶어 한대. 경쟁이 치열해. 그거 하려고 밤새워서 준비하고, 난리도 아니야. 컨디션 관리를 잘해야 하는데.

안은 침묵한다.

— 아, 내 이야기만 계속했네. 그래서 너는 요즘 뭐 하냐? 잘 지낸다고는 하는데 네 근황을 아는 친구들이 몇 없어. 아 참, 전화한 이유가 말이야. 얼마 전에 대학교 때 동아리 했던 애들끼리 우연히 만나서 술 마셨거든. 술 마시다가 말야. 다른 친구들 얘기도 나오고. 그러다가 너도 어떻게 지내는지 궁금해져서. 내가 너도 부르자고 했는데, 시간이 늦어서 그

회색지대 243

런지 만류하는 친구들이 많아서 부르진 않았어. 그때가 새벽 두 시였나, 세 시였나. 어쨌든 그래서, 너 그때 밴드 그만두고 금융권 시험 준비했잖아. 합격했다고는 들었는데. 계속 거기 다니고 있는 거야? 일은 어때?

안은 쏟아지는 친구의 말을 들으며 혼란스럽다. 친구와 계속 전화를 하다간 정말이지 말에 깔려 납작하게 압사당할 것만 같은 느낌이다. 안이 친구의 과거를 잊지 않은 만큼, 친구도 안의 과거를 잊지 않고 있었다. 십 년 전, 안은 그 누구보다 밴드를 하고 싶었으나, 밴드를 하겠다는 친구들과 한배를 타는 것은 인생이 망하는 지름길이라 생각했다. 밴드는 그냥 취미로 해야지, 나는 놈 많은데 내가 굳이 그 판에 들어가서 기는 놈이 되어 줄 필요가 있나, 싶었다. 이를 악물고 금융공기업 시험을 준비했고, 결과는 번번이 탈락이었다. 세 번 탈락했을 때 안은 이미 이십 대 후반이 되어있었고, 서른이 가까워지며 마음은 점점 조급해졌으며, 여러 개의 작은 회사를 다니다 그만두기를 반복했다. 그리고 이젠 안은 또다시 구직을 하는 한편, 일용직 노동자로 하루하루를 살아가고 있다.

그러니까, 안은 친구가 말한 '거기'에 합격한 적이 없으며, 다닌 적도 없다. '합격했다'라는 것은 다른 곳이었으나 안은 오래전 왔던 다른 동창의 연락에, '거기'에 합격했다고 그만 거짓말을 해 버린 것이었다. 그러나 이미 오래전 거짓말을 저지른 이상, 완전범죄가 되어야 했다. 안은 말한다.

— 응. 일이야 늘 똑같지 뭐. 게다가 하루하루가 너무 빨리 지나가서. 오늘도 별일 없어라, 생각하면서 출근하는 거지 뭐.

그렇구나, 이번엔 친구가 고개를 끄덕이는 듯 잠시 침묵하다 말한다.

— 야, 그런데 정말 멋있다. 그때 너 밴드 계속하고 싶어했잖아. 그런데 꾹 참고 공부하더니, 그렇게 안정적인 직장 잡고, 돈 많이 벌고. 야, 네가 진정한 승자다.

안과 친구는 이런저런 이야기를 더 나누다 전화를 끊는다. 침대에 앉아 손에 얼굴을 묻는다. 네가 진정한 승자다, 라는 친구의 말이 머릿속을 맴돈다. 그러나 안은 그 말에 동의할 수가 없다. 그때 안은 스스로 원하는 것에서 철저히 유리되어, 돈과 안정을 좇았지만 결국 남는 것은 없었다. 어쩌면 대항하거나 굴복하거나. 삶엔 이렇게 두 종류의 선택만이 있는 것은 아닐까. 하지만 그 대항과 굴복은 성공 혹은 실패와 동치가 아니다. 흔히 성공한 것으로 여겨지는 인생은 끊임없는 굴복의 과정일 수 있으며, 흔히 패배한 것으로 여겨지는 인생이 험난한 대항의 과정일 수 있다……. 그렇다면 자신은? 굴복하며 패배한 사람인가? 혹은 대항하여 승리한 사람인가?

안은 침대에서 일어나 냉장고 앞으로 가 냉수를 들이켠다. 냉장고 옆에 있는 거울을 본다. 거기엔 완벽하게 대항하지도 완벽하게 굴복하지도 못한, 혹은 승리하지도 패배하지도 못한 사람의 마른 얼굴이 있다.

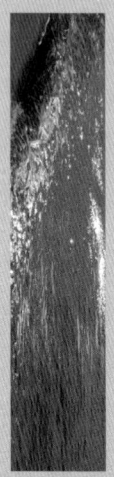

8月

BONUS STAGE !

 비제는 하루의 대부분을 거의 아무것도 하지 않고 침대에 누워있었다. 눈물이 이따금 비제의 눈가를 타고 흘러내렸고, 다음 날 아침이 되면 눈물이 지나간 자리만큼 붉은 습진이 돋아났다. 비제는 약한 자신의 피부를 탓하며 피부과에 갔고, 눈 위에 습진이 난 것 같아요, 라는 한 문장을 의사에게 말했고, 의사는 비제의 눈 위를 손가락으로 만져 보더니 이건 습진은 아니고 접촉성 피부염의 일종이네요, 라고 말하며 약을 처방해 주었다. 그 과정은 자판기에서 음료수를 뽑아 마시는 것처럼 간단했다. 약국에 들러 연고를 사 집으로 돌아오는 동안 차가운 겨울바람이 비제의 옷을 헤집고 들어왔다. 비제는 옷을 여미며 고개를 숙였다. 그리고 이젠 연고를 샀으니 마음껏 울 수 있겠다고 생각했다.

비제는 밥을 먹을 때와 화장실에 갈 때만 침대에서 내려왔다. 침대는 비제만의 공고한 성이었다. 비제는 인간에서 침대-인간으로 진화한 것처럼 침대에 붙어 있었다. 아직 몇 주 전의 슬픔에서 해방되지 못했다. 방 안의 서늘한 공기가 자신을 압사시킬 것만 같다고 느껴질 때 즈음, 마에에게서 연락이 왔다.

받을까 받지 않을까 고민하다 비제는 전화를 받았다.

— 응.

— 지금 네 집으로 갈게. 주소 알려줘.

비제는 대답도 하지 않고 황급히 통화종료 버튼을 눌렀다. 그리고는 한참 아이처럼 엉엉 울었다. 거대한 침대 바다 위에 아무 영문도 모르고 솟아오른 바위섬 인간처럼 무릎을 꿇고 앉아 울다, 눈물을 닦고 침대에서 내려왔다. 이불을 정돈하고, 거울을 봤다. 너무 울어 퉁퉁 부은 눈을 한, 자신 같긴 한데 어딘가 낯선 인물의 초상이 거울 안에 들어있었다. 비제는 있는 힘을 쥐어짜 마에에게 집 주소를 보냈고, 다시 쓰러져 눈을 감았다.

얼마 지나지 않아 비제의 집에 도착한 마에는 비제를 안아주었다. 비제는 마에의 품에 안겨 또다시 울었고, 마에는 비제의 등을 가만히 토닥여 주었다. 그리고 마에는 자신이 지을 수 있는 최고로 웃긴 표정을 비제에게 지어 보였다. 그 표정을 보고 비제는 깜짝 놀라 웃었고, 곧이어 또다시 엉엉 울었다. 그 울음은 슬퍼서 우는 울음이 아닌, 마에에 대한 고마움이었다.

비제는 죽음이 두려웠다.

죽음을 생각하면 비제는 머릿속이 까마득해졌다. 자신도 그렇게 갑자기 세상에서 사라질 수 있다는 생각을 하면 모든 것이 뒤죽박죽되어 아무 의미가 없는 것처럼 느껴졌다. 모든 것이 언젠가는 반드시 자신에게서 까마득히 멀어진다는 사실을 비제는 받아들일 수 없었다. 삶의 끝이 어떤 형태인지 비제는 생각하고 싶지 않았으나, 몇 주 전의 일은 비제에게 끊임없이 죽음을 생각하게 했다.

그러나 자신의 손을 잡고 바깥으로 이끄는 마에의 손에 마음을 맡기며, 비제는 잠깐이나마 그런 생각을 머릿속에서 몰아낼 수 있었다.

*

비제는 마에와 함께 저녁을 먹고, 카페에 간다. 마에가 지치지 않고 떠들어 준 덕분에 비제는 어두운 기색을 거둘 수 있었다. 비제는 숨을 고르고 주변을 둘러본다. 평일 밤의 카페는 한산하다. 몇몇 사람들이 앉아 대화하고 있고, 노트북에 무언가를 분주히 쓰는 사람이 한 명, 책을 읽고 있는 사람이 한 명, 커피 하나를 놓고 휴대폰을 보고 있는 사람이 두 명, 그리고 비제 바로 옆엔 노트북으로 이름 모를 게임을 하는 사람이 한 명 있다.

비제는 한 컵에 카페인이 300g이나 된다는 커피를 들이켠다. 카페인이 들어가니 가슴이 두근거린다. 빨대로 커피잔을 젓다가 비제는 아무래도 마에에게 죽음에 대한 이야기를 꺼내야겠다고 생각한다. 마음속에 뾰족한 돌덩이처럼 박혀있는 무언가를 빼내고 싶다. 비제가 말한다.

— 마에. 죽음은 왜 두려울까.

— 죽음은 두려울 수 있지. 아직 우린 우리에게서 멀어진 세상을 상상할 수 없으니까.

— 우리가 지금은 너무 세상과 맞닿은 채로 살고 있기 때문일까?

— 응. 숨 쉴 틈도 없이 끼어 살고 있지 뭐. 하루 살아내면 또 하루 살아내고. 살아 있으려면 일해야 하고.

— 그렇게 생각하니까 더 갑갑해져.

비제는 그렇게 말하며 고개를 숙인다. 마에는 한 손으로 턱을 괴고 곰곰이 생각하다 말한다.

— 그리고……. 그걸 계속 상상하다 보면 그만 끝이 두려워서 울어버릴지도 몰라, 비제.

그것은 정확히 지난 몇 주 동안 비제가 겪은 일이다. 비제는 다시 울고 싶은 기분이 되어 고개를 끄덕인다. 마에가 말을 잇는다.

— 어쩌면 죽음이 두려운 건 당연할 수도 있어. 우린 지금 우리가 납작하게 끼여 살고 있는 세상이란 것도 도대체 어떻게 생긴 것인지 알 수가 없잖아. 과학자들이 말하는 것 말고, 우리가 피부로 느낄 수 있는 세상의 형태 말이야.

— 응. 끊임없이 팽창한다는 것밖에…….

— 생각해보면 정말 웃기지. 평생 살면서 우리가 어떤 세상에 살고 있는지도 정확히 알 수가 없어. 어쩌면 제논의 역설같이. 우린 아무리 오랜 시간이 지나도 세상의 형태를 따라잡을 수가 없을 거야.

비제는 마에의 말을 들으며 커피를 한 입 더 마신다. 마에와 대화하는 순간이 좋다. 누군가와 이렇게 만나 자신이 괴로워한 주제를 가지고 이야기하는 것은 언제나 비제가 직면한 문제에 대한 정면돌파처럼 느껴진다. 혼자 침대에 누워 생각만 하면 아무런 결론을 내릴 수 없다. 애초에 그런 것이 결론이 날 수 있는 문제가 아닐 수도 있겠지만 말이다.

마에와 이야기하다 보면, 결론이 날 수 없는 문제도 결론이 날 것만 같았다. 지금도 비제는 마에와 대화하며, 마에가 어떤 해답을 내려주기를 간절히 바라고 있는지도 모른다.

마에는 달콤한 초코 브라우니를 잘라 먹는다. 그리고 손가락만 한 작은 포크를 손에 쥐고 이리저리 돌려보고 있다. 비제가 말한다.

— 있잖아, 마에.

— 응.

— 그래도 죽음 후를 상상해 본다면 말이야. 죽음 후엔 뭐가 있을까?

마에는 죽음 후엔 아무것도 없다고 생각해 왔다. 죽음 후에 무언가가 있든 없든 현실의 삶이 괴로운 것은 마찬가지였다. 무엇보다 마에는 항상 이 삶이 피곤했다. 죽어서도 또다시 피곤하게 사람들과 부대끼며 살아야 한다든가, 또다시 모종의 세계에 가서 사는 방식은 깔끔하지 못했다. 여기서 겪은 것은 모두 여기에 내려놓고, 깔끔히 사라지고 싶었다.

하지만 마에는 그런 생각을 비제에게 말하지 않는다. 비제는 죽음으로 인해 괴로워했고, 지금도 괴로워하고 있으니까. 비제는 마에와 다르게, 죽음 후에 무언가가 있어야 안심할 수 있는 사람이었다. 그것을 잘 알고 있는 마에는 비제의 질문을 받아들고 한참을 생각한다. 그 정적 사이에 카페에서 흘러나오는 최신 가요가 흘러들어오고, 수많은 코러스를 지나며 마에는 이젠 정말 대답을 해야 한다고 생각한다.

— 내 생각엔 죽음 이후엔

BONUS STAGE !

갑자기 비제와 마에 사이를 뚫고 들어온 소리에 마에는 깜짝 놀라 앞을 바라본다. 비제의 옆자리에서 게임을 하는 사람은 급히 음량을 줄인다. 비제는 옆 사람의 노트북 화면을 흘깃 본다. 하늘에서 별이 마구 쏟아지고, 캐릭터는 화면을 질주하며 보너스 포인트를 먹고 있다.

보너스 스테이지라, 나쁘지 않다고 마에는 생각한다.

— 그러니까, 보너스 스테이지가 있을 수 있겠지. 안 그래도 그 말을 하려고 했는데.

— 정말?

— 응. 몇십 년 동안 고단한 레벨업 과정을 다 거치고 엔딩까지 봤으니 이젠 마음껏 보너스 점수를 먹을 수 있는 거야.

— 그럼, 보너스 스테이지가 끝나면?

그렇게 물으며 비제는 초조해진다. 마에는 반대쪽 손으로 턱을 괸다. 그 사이에 비제가 한마디를 더 한다.

— 네 말대로라면 보너스 스테이지는 그냥, 끝의 연장일 뿐이잖아.

— 하지만 점수를 많이 얻을 수 있어.

― 점수를 많이 얻으면 뭐가 좋지?

― 기분이 좋겠지.

― 죽음 이후엔 느낄 기분도 없을걸.

― 그것도 모르는 일이야.

놀랍게도 비제는 마에의 마지막 말에, 어느 정도 동의하는 듯 고개를 끄덕인다. 하긴 지금 사는 세상도 어떤지 모르고 살고 있는데, 죽음 후에 느낄 기분이 있을지 없을지 어떻게 확인한다는 말인가. 비제는 옆 사람의 노트북에서 작게 새어 나오는 띠링, 띠리링 게임 소리를 들으며 생각한다. 그 사이에 마에는 브라우니를 조각내어 한 입 더 먹고 묻는다.

― 비제, 그런 말 들은 적 있어?

― 어떤?

― 사람이 죽을 때 말이야. 뇌가 가장 마지막에 죽는대. 심장이 정지해도 뇌는 잠시 더 오래 살아 있다는 거야. 그리고 그때 뇌는 호르몬의 파티를 한다고 하더라고. 도파민을 비롯해서 온갖 호르몬을 분비하는데, 그럼 우리는 그것을 마치…… 불꽃놀이처럼 아름답게 느끼지 않을까.

― 아름답게 느낀다고.

― 눈앞은 온통 검은데, 호르몬이 폭죽처럼 터지는 거야. 강렬하게.

비제는 마에의 말을 곰곰이 생각한다. 호르몬이 폭죽처럼 터지는 장면은 도저히 상상되지 않지만, 폭죽이 터지는 장면만은 너무나 쉽게 떠올릴 수 있다. 마에가 말한다.

― 그리고 그렇게 호르몬의 파티를 벌이고 있는 동안, 우린 끊임없이 보너스 스테이지를 달리고 있을 거야.

비제는 남은 커피를 마저 마신다.

― 마에. 그러니까 이 삶은, 거대한 게임 속인 거야?

― 응. 맞아. 우린, 평생 롤플레잉 게임을 하는 거지. 각자 맡은 역할에 최선을 다해서 살아가면서. 중요한 선택지에서 선택도 해. 그게 나중에 어떤 결과를 불러올지는 모르지만. 좀 가혹한 면이 있다면, 중간에 세이브를 할 수 없고, 과거 스테이지로 돌아갈 수 없다는 점이겠지.

마에의 말을 들으며 비제는 테이블 밑으로 자신의 양손을 깍지낀다. 깍지낀 손을 풀고, 다시 악수하듯 잡는다. 남들에게 그 모습은 마치 자신의 손이 거기에 있다는 것을 끊임없이 확인하기라도 하려는 듯한 몸짓으로 보였을 것이다. 그러나 비제는 지금 차오르는 눈물을 참기 위해 붉은 자국이 남을 정도로 꽉 자신의 손을 잡고 있다. 자신을 위로해 주는 사람 앞에서 더는 울지 않기 위해서.

― 죽음 이후엔 보너스 스테이지를 즐긴다는 말이지?

― 응.

― 아름답고 또, 행복할 테고?

― 아주 요란하게 아름답고 행복하고 즐거울 거야. 보너스 스테이지니까.
― 그럼 됐어. 그럼 된 거야……. 마에.
 비제는 자리에서 일어난다. 옆 사람은 어느새 게임을 끝내고, 다른 새 게임을 시작하고 있다.

*

 비제는 어두운 방에 돌아와 불을 켠다. 침대에 가서 눕는다.
 그리고 생각한다. 지금 내 곁에 없는 내 소중한 사람은 지금 인생의 보너스 스테이지를 즐기고 있다고.
 그러니 슬퍼하지 말고, 그동안 모든 스테이지를 클리어했음에 놀라워하며 기쁘게 박수를 쳐 주자고.
 그래야 보너스 스테이지를 마음 편히 즐길 수 있을 테니까.

 비제는 이불을 머리끝까지 끌어올린다. 그리고 이불 안에서 더운 숨을 내쉬며, 깊은 잠에 빠져든다.

마지막 찻집

 비가 퍼붓다 곧 하늘이 쨍하게 개는, 이상한 날씨가 이어지는 8월이었다. 적당히 데워지다 적당히 서늘해지길 반복하는 날씨. 선우가 죽은 날은 그런 날이었다.
 선우는 횡단보도 앞에 서서 이어폰을 끼고 음악을 듣고 있었다. 선우의 옆에선 이제 한국도 스콜이 오는 열대기후가 되는 것이냐고 서로 얘기하는 사람들과, 점심 메뉴로 뭘 먹을지를 고민하는 사람들의 말소리가 들려왔다. 곧 횡단보도 불빛이 푸른색으로 바뀌었고, 선우는 횡단보도를 건넜다. 그리고 그와 동시에 몸이 붕 들어 올려지는 느낌과 함께, 아래로 곤두박질쳤고, 놀라 달려오는 사람들을 마지막으로 기억이 끊겼다. 갑작스러운 사고의 느낌은 여느 영화나 소설에서 보던 묘사와 실소가 나올 만큼 똑같았다. 아주 천천히 지속되는 상승과 찰나의 하강, 그리고 몽롱해지는 정신. 그리고 고통을 느낄 새도 없이 눈이 감겼다.

*

 선우는 번쩍 눈을 뜬다. 등에서 식은땀이 흘러내린다. 깔끔한 우드톤의 네모난 한옥 방이 보인다. 선우는 이부자리를 걷어내고 일어선다. 오크색 창틀엔 한지가 발라져 있다. 선우는 창가로 다가가 창문을 열어본다. 그 순간 창밖에서 짤랑거리는 풍경소리가 나고, 선우는 흠칫 몸을 떨다 다시 창밖으로 시선을 옮긴다. 창밖에 보이는 것은 끝없이 펼쳐진 황금빛 들판이다. 들판 위엔 구름 하나 없이 청명한 하늘이 마치 그림처럼 펼쳐져 있다. 한참을 들판을 바라보고 있다 선우는 창을 닫고, 조금 전 깨어났던 이부자리로 돌아와 앉는다. 자각몽이라도 꾸고 있는 건가? 그전에도 선우는 자각몽을 몇 번 꾼 적이 있었다. 그러나 생각을 거듭할수록, 이것은 자각몽이라기엔 미심쩍은 부분이 많았다.

 선우는 분명히 아침에 일어나 아침밥을 먹고 샤워를 했고, 토익학원에 가기 위해 강남역으로 향하고 있었다. 대로에 길게 난 횡단보도 앞에서 노래를 들었고, 비가 오다가 말다가 하는 이상한 날씨가 계속되었고, 그리고, 사고가 났다. 선우는 새삼스럽게 온몸을 만져 본다. 모두 멀쩡하다. 어쨌든, 분명 자신이 겪었던 일련의 사건들은 현실에서 -적어도 현실이라고 느껴질 만한 생생한 공간에서- 있었던 것이었으므로, 선우는 혼란에 빠진다. 그리고 창밖에서 흘러들어온 바람이 얼굴에 일렁이다 사라질 때 즈음, 선우는 어쩌면 아침에 있었던 일들도 자각몽이며, 지금은 자각몽의 자각몽 상태이고, 자신은 여전히 집 침대 위에서 잠들어 있을 것이란 생각을 한다.

부디 7시 30분으로 맞춰둔 알람이 빨리 울려야 할 텐데! 선우는 그렇게 생각하며 이전에 꿨던 자각몽을 돌이켜본다. 지하로 추락하는 엘리베이터가 있었고, 그 엘리베이터 문을 열고 나왔더니 새로운 세상이 있었다. 다시 지상으로 올라가기 위해선 그 세상의 화폐 단위로 엄청난 액수를 모아야 했고, 그래서 선우는 그 세상에서 울며 일했다. 그러나 일하면 일할수록 지상의 세계에 대한 기억이 사라져갔다. 결국 선우는 지하세계를 탈출할 만큼의 돈을 얻었지만 자신의 과거에 대해 아무것도 기억나는 것이 없어 그저 돈만 계속 모을 뿐 아무것도 할 수 없었다. 또 어떤 꿈이 있었던가. 하늘을 나는 자각몽? 면접장을 만들고 꿈속에서 모의 면접을 보는 자각몽? 대학교 강의동에 갇혀 끊임없이 출구를 찾아 헤매는 자각몽? 그러다 선우는 그동안 자각몽에서 깨기 위해선 항상 어딘가 높은 곳에서 추락하면 되었다는 사실을 떠올린다.

  선우는 이 기묘한 방을 나가기로 결정한다. 이번 자각몽의 배경은 그동안 꿨던 자각몽보다 훨씬 생생하다. 재현도가 높다고 해야 할까. 선우는 손끝으로 이불을 매만지며 그 섬세한 감촉에 감탄한다. 자리에서 일어나 문으로 다가간다. 고풍스러운 문양이 새겨진 나무 문살에는 창문처럼 얇은 한지가 덧발라져 있다. 선우는 갈색 문고리를 쥐고 당긴다. 열린 문밖엔 작은 마당과 우물이 있고, 아마 선우의 것인 듯한 고무신 한 짝이 있다. 방문에서 스무 걸음 정도를 걸으면 대문에 도착할 수 있다. 선우는 어디로든 탈출해 볼 생각으로 다가가 대문을 열었고, 대문 밖으로 펼쳐진 깎아지른 절벽과 끓어오르는 붉은 용암을 볼 수 있었다.

  화들짝 놀라 선우는 그만 대문 문고리를 잡고 벌벌 떨다, 겨우 문을 닫는다. 그리고 정신이 어지러워지며 다시 풀썩 쓰러진다.

*

  다시 눈을 뜨자, 아까 봤던 그 방이었다. 선우는 자리에서 일어나 앉는다. 머릿속이 온통 혼란스럽다. 이렇게 깨지 못하는 자각몽이 있다니? 식은땀이 나는 이마를 손으로 쓸고 있는데 스르르 문이 열린다. 선우는 잔뜩 경계하며 벽 쪽으로 다가가 붙어 앉는다. 방 안으로 들어온 사람은 흰옷을 입고 있다. 머리는 틀어 올려 둥그렇게 묶었고, 양손으로 들고 있는 작은 소반엔 물수건이 놓여 있다.

— 몸은 좀 괜찮은가요?

선우는 그 물음에 어떻게 대답해야 할지 몰라 음, 네, 라고 얼버무린다. 물수건을 든 사람은 선우의 대답에 미소짓더니, 선우에게 자리에 누우라고 한다. 주춤거리며 자리에 누운 선우의 이마에 물수건을 올려 주고 말한다.

— 저는 윤이라고 합니다. 그리고 당신은

선우가 자신의 이름을 말할 새도 없이 윤이 말을 잇는다.

— 선우죠.

— 제 이름을 어떻게 아나요?

선우의 물음에 윤은 고개를 갸웃하더니 서운한 듯 눈을 흘긴다.

— 모를 리가 없죠.

선우는 자포자기한 심정으로 이름에 대해선 더는 묻지 않는다. 어차피 이건 자각몽이니까 말이다.

— 자각몽이라고 생각하고 있죠?

윤의 물음에 선우는 흠칫 놀라 윤을 바라본다. 윤은 선우의 시선에 다 안다는 듯 눈을 내리깔더니 말한다.

―하지만 자각몽이 아닙니다.

―그럼 뭐죠?

―마지막 기억을 되살려 봐요.

 선우는 그야 당연히, 까지 말하다가 자신의 마지막 기억이라고 할 만한 것이 토익학원으로 가는 횡단보도 앞에서 뚝 끝나 있음을 깨닫는다. 분명히 큰 사고가 났던 것 같은데, 어떤 사고인지 기억이 나지 않는다. 닫힌 창밖에선 풍경 소리가 들려오고 ―아깐 창문을 열어 둔 채로 밖으로 나갔지 않았나?― 선우는 풍경 소리를 들으며 아주 간신히, 교통사고를 떠올린다.

―잘은 기억이 안 나는데. 토익학원으로 가는 길이었어요. 횡단보도에 서 있었고, 파란불이 켜져 건너려고 했는데, 갑자기 사고가 났어요.

―그다음에는?

―사람들이 놀라서 달려왔던 것 같아요. 그리고……. 눈을 떠 보니 여기였어요.

―그래요. 맞습니다.

―자각몽이 아니라면…….

―단도직입적으로 말하자면, 당신은 지금 반쯤은 살고 반

쯤은 죽은 상태입니다.

― 네?

― 코마 상태거든요. 당신의 육체는 지금 눈을 감고 잠든 듯 병상 위에 누워있습니다.

윤의 말을 들으며 선우는 끝없는 허망함이 밀려 들어온다. 만약 윤의 말이 진실이라면, 이것이 자각몽 속의 자각몽 같은 것이 아니라면, 이젠 어떻게 해야 한단 말인가. 창문을 열면 끝없는 들판이, 대문을 열면 끓는 용암이 있는 이곳의 작은 한옥에서 이제 평생을 -더 이상 이런 표현이 유효한지는 모르겠지만- 살아야 한다는 것인가? 아무것도 알 수 있는 것이 없는 지금, 선우가 의지할 수 있는 대상은 오로지 윤밖에 없었다. 윤은 선우의 이마에 놓았던 물수건을 뒤집어 얹는다. 선우는 지금 머리맡에 앉아 있는 윤이 자신에게 적대적이지 않은 사람이라는 증거를 필사적으로 찾는다. 그 증거는 오로지 선우를 보는 윤의 맑은 눈동자뿐이었다.

― 저는 이제 어떻게 해야 할까요. 그러니까, 다시는 제…… 육체로 돌아가지 못하나요?

돌아가야 하는 곳이 자신의 육체라니. 지금껏 한 번도 경험하지 못한 목적지였다. 선우의 질문에 윤은 살풋 웃더니 말한다.

― 아니요. 돌아갈 수 있습니다.

— 정말요!

아마도요, 글쎄요, 도 아닌 '아니요'라니! 선우는 윤의 희망 찬 대답에 감격해 큰 소리로 감탄한다.

— 돌아갈 수 없을 거라고 생각했나요?

— 네. 보통은 이런 곳에 오면 돌아갈 수 없잖아요.

— 이런 곳? 당신이 생각하는 이런 곳은 어디죠. 여기가 어디냐고 묻지 않네요.

— 저승 아닌가요?

— 뭐, 비슷하네요. 보통은 삶이 다했을 때 이곳을 지나간답니다. 하지만 당신에겐 지금 이곳은 삶과 죽음의 경계면이지요.

— 대문 밖으로 가면, 영원히 죽게 되는 건가요?

— 전혀요. 오히려 대문 밖으로 나가면 살게 되지요. 다시 태어날 수 있어요.

다시 태어난다니. 환생 같은 것을 말하는 건가, 선우는 그렇게 생각하며 윤을 바라본다.

— 여긴 삶과 죽음이 맞닿은 곳입니다. 여기선 삶은 곧 죽음이고 죽음은 곧 삶이지요. 여기서 오래 살면, 끊임없이 죽은 상태가 되거든요.

— 그렇군요.

— 어쨌든. 이승에서 죽은 사람들은 여기서 차 한 잔씩을

마시고, 다음 길을 간답니다. 여긴 그러니까, 삶이 다한 곳에 있는 마지막 찻집이지요.

그러고 보니 아까부터 나던 옅은 향이 알싸한 차향이라는 것을 선우는 깨닫는다. 마지막 찻집이라. 고속도로를 달릴 때, 이번이 마지막 휴게소라고 하는 표지판은 많이 봤지만, 이번이 삶이 다한 곳의 마지막 찻집이라는 표지판은 당연히 본 적이 없다. 마지막이란 것의 무게는 원래 이런 것이구나. 선우는 그런 생각을 하며 잠시 눈을 감는다.

— 어쨌든, 돌아가는 방법은 그리 복잡하지 않아요. 오히려 정말 쉽죠. 그냥 여기서 풍경 소리를 들으면서 잠시 쉬고 있으면 어느 순간 다시 당신이 살던 곳으로 돌아가 있을 거예요.

— 그렇군요…….

선우는 모종의 안도, 그리고 편안함에 휩싸인다. 복잡한 인간관계와 빈약한 통장 잔고, 그리고 해결해야 할 산더미 같은 일이 있는 삶이지만 그래도 선우는 자신에게 남겨진 삶을 계속 살고 싶었다. 매일 아침 일찍 일어나 토익학원에 가고, 매일 시험공부를 하는 별 것 없는 쳇바퀴를 도는 일상이라도. 선우는 윤을 바라보며 말한다.

— 죽음이란 게 이렇게 가까이 있을지 몰랐어요.

— 모든 것은 보이는 것보다 가까이 있습니다. 자동차 거

울만 그런 것이 아니죠. 사람들은 죽음이 턱밑까지 찾아와도 전혀 알지 못할 때가 부지기수에요. 보이는 것보다 가까이 있단 걸 알지 못한 건 죄가 아닙니다. 다만 이제부턴 조금 더 그런 쪽에 신경 써야 할거에요.

― 보이는 것보다 죽음이 가까이 있다는 거요.

― 그렇지요.

윤은 선우의 답변에 만족한 듯 고개를 끄덕이더니, 말을 잇는다.

― 천천히 심호흡하세요. 그러는 동안 저 창밖의 황금빛 들판에선 다시 꽃이 피고 지길 반복할 겁니다. 그리고 언젠가 당신이 정말로 죽어서 이곳에 온다면, 그땐 저 평원에 뿌려진 당신 뼛가루 위에 예쁜 꽃이 피어날 수 있을 거예요.

― 저, 그런데 갑자기 목이 말라서요. 차 좀 마실 수 있을까요?

― 차를 마시면 다시는 돌아가지 못한답니다.

― 그럼 물이라도요.

― 그래요.

윤이 밖으로 나간다. 작은 풍경 소리를 들으며 선우는 열린 창밖을 바라본다. 넓은 황금빛 들판과, 그 사이사이로 이제야 보이는 색색가지 꽃들. 그 무성한 식물들이 모두 이미 죽은 사람들의 넋이라 생각하니 황금빛 들판의 풍경은 너무나 달라 보인다.

 조금 시간이 지나 윤이 작은 소반을 들고 돌아온다. 선우는 예쁜 찻잔에 담긴 물을 들이켠다. 물은 아주 미적지근하다. 선우가 영 개운치 못한 표정으로 찻잔을 쥐고 앉아 있자, 윤이 묻는다.

 ─ 왜요?
 ─ 음, 중요한 건 아니지만. 물이 미지근해서요.
 ─ 이런……. 물은 원래 미지근하답니다.

*

 선우는 번쩍 눈을 뜬다. 병실의 구불구불한 무늬가 그려진 흰 천장이 올려다보인다. 잔잔한 풍경소리와 똑같은 리듬으로 삐,삐 거리는 소리가 들려온다. 선우는 눈을 내리깔아 자신의 몸을 내려다본다. 어디 하나 성한 곳이 없이 부서져 있다. 다리를 둘둘 감은 붕대와 지지대를 바라보다, 다시 천장을 본다. 잠시 잊고 있었던 고통이란 감각이 온몸에 생생히 전해져 온다.

 물은 원래 미지근하답니다.

 윤의 마지막 말이 머릿속에서 맴돈다. 분명 윤은 그다음에 무슨 말을 더 하려고 했었는데. 무슨 말을 하려고 했을까.

선우는 곰곰이 생각하다 눈을 감는다. 다시 눈을 뜨면 당연하다는 듯이 태양이 뜨고, 아침이 와 있으면 좋겠다고 생각하면서.

에필로그

스물여섯의 가을.

요즘 나는 생각한다. 인간을 움직이게 하는 것은 언제나 사랑과 슬픔이라고. 그리고 이 둘은 절대 분리되어 있지 않고 함께 찾아온다고. 사랑하는 만큼 슬퍼지고 슬퍼하는 만큼 사랑할 수 있겠지. 마음껏 사랑하고 마음껏 슬퍼하자. 가장 중요한 것은 무엇이든 최선을 다해 부딪히고 깎여 나가면서 부단히 살아가는 것이니까. 굳이 이 세상에 인간으로 태어난 것이 싫을 때도 있었다. 그냥 애초에 존재하지 않았다면 아무것도 느끼지 않고, 고통스러울 일도 없이 영원히 평온했을 텐데. 하지만 이미 삶이 시작된 이상, 내게 주어진 삶을 오래 끌어안고 살아야 한다. 그렇게 생각했다. 즐거움도 나의 것이고 고통도 나의 것. 도망치지 말고, 바꿀 수 없는 것을 자꾸만 생각하지 말고, 최선을 다해 깨어지고 부딪혀 봐야지. 그렇게 살다 보면 이 고통스럽게 뾰족한 인간의 삶은 끊임없이 아름다워질 거야.

소설 메일링에 사용한 독자님들의 키워드

불온	향수, 자기파괴적 욕구, 자살
민트초코 아이스크림과 데자와로 만든 아포가토	민트초코 아이스크림과 데자와로 만든 아포가토
파파	아버지의 체모를 한가닥 당 100원에 사겠다는 사람
실	아리아드네의 실
고백의 형상	고고학자
냉장 상자	로망의 재해석
내 사랑하는 친구	띠부띠부씰
딥 씨	침잠
바닐라 천사	천사
아경—1118359292—윤희	허탈
회색지대	호박
마지막 찻집	미적지근한 물

아날로그 블루

글	하설
내지 디자인	하설
표지 디자인	혁
내지 사진	박혜린
펴낸곳	별닻
e-mail	byeoldat@gmail.com

초판 1쇄	2021년 10월 12일
초판 2쇄	2022년 03월 26일
ISBN	979-11-975612-0-7 03810

이 책의 본문은 '을유1945'서체와 'KoPub바탕체'를 사용했습니다.